明月千山路

周典樂

著

自序／我的寫作之路

　　自會識字以來，看的第一份報紙是《台灣新生報》。當年隨報附贈的《新生兒童》週刊辦得非常成功，拿到報紙，只搶《新生兒童》看，其他一概沒興趣。後來因為父親的好友饒叔叔擔任《海訊日報》社長，家裡又多了份《海訊日報》。為了要捧饒叔叔的場，我裝模作樣拿起報紙看，什麼都看不下，卻被一篇武俠連載小說吸引上了。記不得作者是誰，但還記得小說名稱《鶼鰈雙飛》。回頭去翻《新生報》，也有武俠連載，那時正在連載東方玉的《飛龍引》，這部小說相當好看，我從此成了武俠小說迷。因為看武俠小說，也順便看看副刊上的散文，因此展開了我的文藝閱讀之路。

　　後來《海訊日報》停刊，但家裡又多了份《中央日報》。初中時念基隆一中，學校鼓勵每班訂份報紙閱讀，我們班上選擇訂《新生報》。母親是學校的老師兼導師，因為家裡有《新生報》，母親班上選擇了《中華日報》。這樣家中的《新生報》當日看完，母親次日便帶去學校，學校的《中華日報》看完，母親就可以帶回家。從此我一天有三份報紙可以閱讀。我對時事既不了解也沒興趣，直到高中畢業，拿起報紙，只看副刊跟影劇版。副刊看多了，漸漸也覺得有話要說，有文章想寫。家父做學術研究，常寫些專業論文，他的書房中永遠有一大疊稿紙。大概是初中畢業那年暑假，我取來幾張稿紙，寫了一篇文章投到《新生報》，文章遲遲不見

報，結果原來是退稿被父親收了起來。父親教導我，寫文章要有創意，除了要注意文字功夫，還要有好的切入點，一些老生常談的東西不值得去寫。他要我多閱讀，才能增長見識，言之有物。父親書房中，有好幾個書架的書，但都是哲學方面的專業論述，我看不下去。偶而拿了一本《狂呼集》，裡面有很多上下古今的文學概述，還有一篇紅樓夢研究，從此我變成了「紅迷」，枕頭邊放著本紅樓夢，時常翻閱。從那時起我除了武俠小說，又迷上了章回小說。一到寒暑假，先去租套武俠小說來看，接著買本章回小說。《西遊記》、《七俠五義》、《精忠岳傳》、《粉妝樓》、《三門街》、《薛仁貴征東》、陸續買回，零用錢都存起來去租武俠小說或買章回小說。進入高中後，又參加了一次母親節徵文，一樣名落孫山。雖然沒入選，父母看到我文中寫母親的偉大，都非常開心，並鼓勵我好好讀書以大專聯考為重，等進了大學再去花時間寫文章。

進入大專，倒真的解放了，但那時迷上國畫篆刻，根本沒時間去寫文章。偶然的機緣，得來靈感寫了篇文章投《新生報》，居然被錄用。自己的文章第一次變成鉛印上報，那種興奮真難以筆墨形容。父母跟朋友都誇我寫得好，從此對寫作有了信心，陸續又投了兩篇，都得到錄用，從此開啓了我投稿之路。我念的實踐家專，當年是三年制專科沒有學士文憑，因此動念出國繼續深造。進入大三後，一方面忙畢業，一方面補托福準備留考，再也無暇寫作。

出國後，沉重的課業壓力之外還要打工，別說寫作了，連看報的時間都沒有。直到拿到碩士，結婚後搬到德州阿靈頓，在醫院找了份工作，生活安定，才稍為有暇重新閱讀。那時《北美世界日報》初創不久，老公就讀的德州大學阿靈頓分校（UT-Arlington）圖書館有訂閱。阿城亦有些華僑們訂閱，善心華僑看完報便送給中國同學會，同學間再互相傳閱。因此

我常有機會看《世界日報》，並開始投稿家園版，幸被錄用，終於有機會重拾寫作之筆。

次年也就是1981年三月，我們自德州搬到俄亥俄州。初到俄州人生地不熟，暫時不上班也未再繼續讀書，閒暇時間多了，我開始專心寫作投稿。

那時《中央日報》有海外航空版，是留學生的精神糧食。由於天天看《中央日報》，於是試投中央副刊，不但幸被採用，還收到副刊編輯夏鐵肩先生寄來的鼓勵信函。接著收到《中央日報》寄來的航空用稿紙，這種稿紙既小且薄，用它寫稿寄到台灣，可省下不少郵資。當時大受鼓勵，陸續在中央副刊發表過散文與小說。

同年暑假我趁空回台灣探親，回到家中，再看到《新生報》與《中華日報》，我又試著向這兩家報紙投稿。非常感恩，我幾乎每投必中。九月回到美國開始念第二個碩士學位，因為改念工程，課業壓力很重，那幾年又無法寫什麼文章，直到念完碩士搬到加州，才又重拾寫作之筆。初到加州認識了楊秋生與葉文可，她倆都是專業作家，與她們切磋，受她們鼓勵，更增加了寫作的興趣。可惜《中央日報》換了主編，我的寫作風格不合新主編的口味，屢遭退稿。不久懷孕生女，接著又開始上班，但我仍然寫作不輟，《中央日報》不用，《世界日報》卻每篇皆採用。偶而，也寄到台灣投《新生報》與《中華日報》。直到生下老二以後，實在忙不過來了，其間有十年沒有再寫一字。

2004年有一個機會找了份Part Time的工作，每天只工作五小時，下午兩點就下班。而且公司離家很近，單趟車程不到二十分鐘，如此時間自然又多了。換公司的空檔，應好友胡文玲之邀，隨朱琦老師到江南旅遊，回來寫了一篇〈龍井問茶〉，這也是生平第一次用電腦打字。十年沒有提筆，《中央日報》與《新生報》已經停刊。而此時看到世界副刊接受電子

檔以電郵投稿，因此一試。文章email出去，也不知編輯是否收到，多年不投稿，得失心也不大。老公每天看《世界日報》，記得他一日看報忽然叫著說「妳的文章登出來了」。當時還真驚喜，原來真的可以電子檔投稿，從此不必爬格子，寫起文章來亦方便多了。接著有同行隊友看到文章，見描述的都是我們在杭州喝龍井茶的經歷，逐告知朱老師。老師非常熱心，不但打電話來鼓勵我，並問我是否還寫了別的文章，我告知又寫了一篇〈五湖煙水〉，見〈問茶〉一文刊出後，已將此文投稿。老師要我把原稿給他看看，於是我把文章送給老師請他指教。「五湖」指的是太湖，我是引用溫庭筠詠太湖句「五湖煙水獨忘機」做為篇名。老師看後說題目取得好，寫得也不錯，但太湖不但氣勢大，與它相關的典故也多，以後寫這類的文章不妨多加思考引經據典，可以發展出一篇更精彩的文章。我寫太湖不過寫了短短一千字，殊為可惜。我聽後再想起父親教誨之言，不由茅塞頓開。以後為文不但記得父親訓誨的切入點，文字功夫，更記得朱老師教導的多加思考盡量發揮。以前寫上一千字的文章已絞盡腦汁，從此我一下筆便洋洋灑灑，寫起文章來靈感居然源源不絕。從此在寫作上，又邁進了一大步。不久太湖一文亦刊出，自此寫作才較順手，便一直創作至今。

在我寫作之路上除了感謝家父及朱老師的指導，我亦感謝所有採用我文章的編輯們，還有初練習寫作時秋生與文可的互相鼓勵。

另外要感謝，參加朱老師的旅行時，結識的幾位愛好文藝的朋友，如舊金山加大的王正中教授、矽谷光纖創業家石公子，及作家王玉梅。玉梅當時已出過一本書，並且寫作不輟，因旅遊結識，並成至交好友。王教授是名作家王正方之兄，與石公子是忘年之交，也是玉梅的義兄，每見我或玉梅的文章刊出，他必定送電郵來通知我、玉梅與石公子，並給我很大的

鼓勵。因他德高望重，得他的誇讚，我在寫作上也就更不敢懈怠。石公子因經常出差，常錯過我的文章，因此囑我若有新文便把原稿送給他看。沒想到他因此抓出我幾個錯字，從此我寫作更加小心檢查錯別字。後來再送文章給他看，他說居然抓不出錯字了。因為用電腦打字，很容易不小心打錯，若非他的指正，我大概還是很容易疏忽，打錯了字自己也看不出來。工教授已過世多年，石公子也很少再聯絡，但他們對我的幫助，我仍銘記在心。

　　更要感謝我出第二本書時，此地的世界書局及中華企協各幫我辦了一場簽書會。我的好友們悉數出動幫我當招待及賣書，由於大家的熱心，兩場簽書會均很成功，新書場場售罄。對於好友們的鼓勵，我由衷的感謝。

　　退休後，寫作是我最大的寄託。除了世界副刊、週刊，我並受邀幫《品雜誌》與《老中地方報》寫專欄，偶而也投稿《紅杉林》及《中華日報》。如今寫作已成習慣，也是我生活的一部分。

　　這本書是我的第三本書，完全以來美國後的生活，及在北美洲的旅遊見聞為主。為紀念我的父母，為感謝所有幫助過我的朋友，也為自己留下記錄。

完稿於2020/12/13

1	2
3	4

1　筆者受邀演講，恩師歐豪年（中）特來捧場，右二為葉文可。
2　受邀中華企協演講。右二為會長林美蓮女士。
3　四位壽星在寒舍慶生，右起王教授、謝勳、石公子、玉梅。
4　好友們幫助辦活動。

目次 Contents

▌第三部　閒情記趣

第一部　往日情懷

東風夜放花千樹
──漫談元宵節

　　農曆一月俗稱正月，而正月亦稱元月。宵者，夜也；元宵，顧名思義應該是元月的夜晚。正月十五是新年過後的第一個月圓之夜，故而這一夜當是最符合元宵節的定義了。元宵節又稱上元節，元宵之夜亦稱元夕。相傳早在兩千多年前的秦朝，老百姓已開始慶祝元宵節。到了漢文帝時，這位大漢天子，明定正月十五為元宵節，從此元宵節成了漢民族的重要節慶。

　　我在七堵的明德山莊長大，童年時代，元宵節是非常熱鬧的。春節過後，大年初六店家開張，便掛起了各式各樣的燈籠。當年縱然物資缺乏，但一只紙燈籠，價錢十分便宜。記憶中，同學們幾乎人人都有一只燈籠，有些同學的很華麗，也有的是自家製作的簡單燈籠。

　　元宵是元宵節的應節食品。台灣元宵製作的方法，不是用糯米皮子包餡做成湯圓，而是將餡料做成小球在糯米粉裡滾，是為滾元宵。元宵節前數天，就會看到店家在一個大約直徑一公尺的竹編大篾中滾元宵。用滾的方式，可以把元宵滾得又圓又大。滾出來的元宵，糯米粉較厚亦緊實，吃來比較Q，比較彈牙。我從小貪吃，尤嗜甜食。每逢過節，先引頸盼望應節甜點，元宵亦是我愛吃的點心之一。

　　農曆新年大約在一月下旬到二月中旬之間，但學校的寒假卻是固定的日子。依照春節的早晚，元宵節有時在寒假中，有時在開學後。如果元宵

當夜仍在寒假中，我們一幫頑童，早早就開始規劃晚上的提燈遊行。晚飯後，領頭的大哥大姐們，在山莊的小巷道上隔著院子一聲吆喝，我便帶著弟弟妹妹提著燈籠，飛奔出去與大夥會合。一群孩子提著燈籠到山莊前面的基隆一中操場上走一圈，再從稻田間唯一的一條柏油路走到鎮上去。當年的七堵鎮上，到了晚上頗為熱鬧，總有一些店家張燈結彩。街上提燈的孩子很多，有些較大的孩子們掌著一支火把，到處燈光火花，晃動交錯，叫人不興奮都難。瘋夠了玩夠了回到家裡，正趕上母親煮元宵，那才是大快朵頤，盡情享受呢！

　　如果不幸元宵節時已經開學了，爸媽只准我們提著燈籠在山莊裡繞一圈，就得回家讀書，準備就寢。那種掃興的感覺，實在很不情願，結果是玩沒有玩到，書也無心讀。中學以後，課業加重，兒時提燈遊行的樂趣，在升學壓力中漸漸消失殆盡。

猶記當日猜燈謎

　　記得我念中學時，有一年的元宵節帶著舍妹典和到基隆去，至於去基隆做什麼已不復記憶。回家時，天色已黑，走過鬧區，竟見到某藝文團體在騎樓下舉辦燈謎比賽，我拉著妹妹擠進去看熱鬧。見一謎面為「漁唱起三更」，猜一詞牌名。我靈機一動，搶答「子夜歌」。只見主持人提起一面鑼，猛敲兩下，高喊答對了。我得了一塊包裝精美的香皂。我看陳列的獎品不少，很想留下來，繼續用腦筋。但當時妹妹還小，天黑害怕又急著回家，於是我帶著還在絞盡腦汁正在思考中的一個謎題，搭上了公車。

　　當時我有一呼之欲出的謎題是「東風無力百花殘」，打五言唐詩一句。我自幼詩詞背了不少，很想大顯身手，但搜盡枯腸一時之間卻想不

出，回家後才猛然想起，那謎底不就是「花落知多少」嗎？

　　那次猜燈謎的經驗，一直很令我懷念。我之前沒有猜過燈謎，牛刀小試，便拿到了獎品。在那個年代，得了塊香皂，是很令人興奮的。後來看了一些猜燈謎的書，懂得一些中國謎語中的各種特殊格式，卻再沒碰過那樣風雅的燈謎比賽。很想長大後，脫離了課業的壓力，自己可以在元宵夜到基隆去看花燈，猜燈謎。無奈高中畢業後，舉家搬到台北。大專畢業後，又踏上出國求學的不歸路，再去參加燈謎大會，是此生未圓之夢。

元宵燈節推陳出新

　　大女兒六歲時，那年的新年適巧在二月以後，也就是在學區放春假前。考量她日漸長大，以後課業漸繁忙請假不易，遂毅然帶她回台灣過春節。出國多年後難得回家過年，父親樂呵呵地說，那是他最高興的一個新年。新年過後，大街小巷依舊掛起燈籠販賣。那時的燈籠已不再是紙做的，改為塑膠外殼，製作精巧花樣繁多。燈籠裡不再點蠟燭，而是裝電池點燈泡，美觀又安全。我帶者弟弟的兩個兒子與女兒去買燈籠，小傢伙們看到五花八門的燈籠統統好看，一時之間真取捨不下，最後每人買了兩個。女兒與表哥表弟三人，倒是開開心心的玩了幾回提燈遊行。

　　台北慶祝元宵的活動，比起當年的七堵小鎮要熱鬧得多。猜燈謎的活動，我們不得其門而入，但中正紀念堂有放花燈的活動。那年是羊年，紀念公園裡紮了大型的三羊開泰，及各式各樣的花燈，白天看上去已是一片錦繡，氣勢不凡。點燈那日，弟弟帶了一家人去看燈。那夜的紀念公園裡真是萬頭攢動，擠得摩肩擦踵。費了九牛二虎之力，我們好不容易擠進公園站穩一足之地。點燈典禮開始，先從小燈點起，再慢慢點大的，最後點

亮三羊開泰。群眾一陣歡呼，頓時公園裡四處火樹銀花，燈火通明，七彩繽紛，那令人驚豔的感覺，真讓人瞠目結舌難以形容。那情景正如歐陽修之詞句「花市燈如畫」，更像辛棄疾句「東風夜放花千樹」。

　　那是我有生之年看過最燦爛、最夢幻、最華麗的元宵花燈。

　　兩年後，弟弟一家移民來美，父母亦長住美國。姐弟雖常相聚，卻再沒機會回台灣過春節了。

歐陽修傷懷的元宵節

　　唐宋八大家中，宋朝佔了六位，六位大家中歐陽修居於領導的地位，餘下的五位皆可算是他的門生。這位宋朝第一大文豪，散文雖寫得說理暢達，抒情委婉；但填起詞來卻是綺豔異常。我個人認為歐陽修寫情最感人，當是天下最多情之人。他的「淚眼問花花不語，亂紅飛過鞦韆去」、「人生自是有情癡，此事不關風與月」，真是把個「情」字寫癡了。他有一首吟誦元宵節的詞〈生查子〉非常有名。

　　　　「去年元夜時，花市燈如畫。月上柳梢頭，人約黃昏後。
　　　　今年元夜時，月與燈依舊。不見去年人，淚溼春衫袖。」

　　元夜，即元宵之夜。古人慶祝元宵少不了猜燈謎，看花燈。歐陽先生不去跟人湊熱鬧，卻與人約會去了。他跟誰約會，而約會之人後來又到哪裡去了，為何會不見了？或許他當年，少年輕狂，以至留下終身的遺憾吧！年老以後，縱然後悔，即使淚眼問花，花也不會理他了。歐陽修因何傷懷，千年來沒有人研究過。後人傳唱〈生查子〉，感覺到的是元宵之夜

的美景，及明月花燈之下的浪漫情懷。

驀然回首．辛棄疾

　　南宋的大詞人辛棄疾，亦有一首詞牌〈青玉案〉詠元宵節的詞：

> 「東風夜放花千樹，更吹落，隕星如雨。
> 寶馬雕車香滿路，鳳簫聲動，玉壺光轉，一夜魚龍舞。
> 蛾兒雪柳黃金縷，笑語盈盈暗香去。
> 眾裡尋他千百度，驀然回首，那人卻在，燈火闌珊處。」

　　這首詞更是有名，尤其在今日網路發達的e-世代。大家手持i-Phone（愛瘋），或i-Pad（愛陪），每天上網搜尋，正是「眾裡尋他千百度」。熱門搜尋網站「百度」的命名，即是出於這首詞的啟發。這首詞道盡了元宵節的繁華熱鬧，那一夜除了四處放燈，還放煙花。煙花在夜空中爆發出來後，立刻如流星雨般散落。大街小巷中寶馬雕車，紅粉佳麗們一個個精心妝扮盡皆出來看花燈，一時香風滿路，釵環鬢影，笑語盈盈。人潮中，作者忽對一女子一見鍾情，轉眼卻又找不到對方。遍尋不見後，失望回頭卻在燈光闌珊處看到了他（她）。

　　辛棄疾號稼軒，與北宋的蘇東坡齊名，史稱「蘇辛」。詞評家多認為，稼軒之詞豪放之處尤甚東坡。他的名句亦多，如「少年不識愁滋味」、「為賦新詞強說愁」，又如「了卻君王天下事，贏得身前身後名」、「廉頗老矣，尚能飯否！」。但他最有名的一首當屬這闋詠元宵的〈青玉案〉。同樣是寫情，歐陽修是滿腹情傷，兩眼情淚哭溼了青衫。辛

棄疾卻是在燈火闌珊處找到了她，那般地驀然回首，該是怎樣地意外與興奮呢！不由讓人為歐陽修遺憾，為辛棄疾鼓掌。

慶元宵，自古吟誦多

除了以上兩首名詞之外，自古流傳下來歌誦元宵節的詩詞非常多。由這些詩詞中，可以看出古時的元宵節是多麼的熱鬧。在古代，許多地方的女兒家十二歲上繡樓，從此女兒不許出閨房。只有在元宵節除外，那一夜，千門開鎖，老少婦孺皆可出外賞花燈。有詩為證，唐朝張祜〈正月十五夜燈〉詩：「千門開鎖萬燈明，正月中旬動地京。三百內人連袖舞，一時天上著詞聲。」

明朝大畫家唐伯虎有詩云：「有燈無月不娛人，有月無燈不算春。春到人間人似玉，燈燒月下月如銀。滿街珠翠遊村女，沸地笙歌賽社神。不展芳尊開口笑，如何消得此良辰。」元夕，女兒家打扮得漂漂亮亮出門看花燈，聽說古代作媒的媒婆，正好借著這個機會讓有意相親者，互相偷看。

宋朝大詞人姜白石〈元夕〉詩云：「元宵爭看採蓮船，寶馬香車拾墜鈿；風雨夜深人散盡，孤燈猶喚賣湯元。」唐朝的崔液也說：「誰家見月能閒坐，何處聞燈不來看。」從這些歷代名家的詩句中可一窺古人慶祝元宵節的景象，那真是有如現代的嘉年華會，萬人空巷，一片良辰美景。

金風明月夜

　　社區裡有好幾條街上栽了成排的紫薇花。這幾日紫薇漸開，枝頭的紫紅色一日多過一日，漸成了一片紫雲。每日黃昏散步，從「月鉤初上紫薇花」到忽見一輪碩大的金黃色滿月自漫天紫雲中升起，才驚覺日子居然在散步間飛快偷換。屈指暗算，當晚正是中元節。他鄉異域，沒有人慶祝鬼節，但在我成長的七堵鎮上，中元月夜卻是一年四季中最熱鬧的一天。

　　少年時代喜歡「為賦新詞強說愁」，最愛吟辛棄疾的〈醜奴兒〉。遇到點挫折，便以為「而今識盡愁滋味，欲說還休，欲說還休，卻道天涼好個秋」。於是糊里糊塗的愛上秋天。長大後越發的喜歡秋天，喜歡那金風送爽的感覺，喜歡看田裡金黃色的稻穀隨風翻起一片金色波浪。喜歡秋天的夜晚，尤其是那兩個月亮分外明的中元與中秋之夜，還喜歡在月下聽山莊外的曬穀場上不時傳來的舂米響、村歌聲。

　　每年一到農曆七月，七堵街頭就開始熱鬧起來，菜市場旁搭起歌仔戲戲台，家家商店張燈結綵，先是慶祝七夕，緊接著立秋過後就要迎接中元節了。暑假中，我們山莊裡的人，總喜歡在晚飯過後搬張椅子坐在前院乘涼。七夕夜裡，仰頭找牛郎織女星，同情挑著扁擔背負著一兒一女的牛郎。更憐憫銀河那岸，手拿天梭日織夜紡的織女。真不懂王母娘娘為何硬要拆散她們一家人，幼年的我常望星興嘆，祈求哪一日天帝開恩，讓他們一家團圓，牛郎織女不再天上人間兩地相思。

　　中元節那天，我家例行要祭祖，父親先指導我們姐弟將紙錢分包成許多小包，每包紙錢上寫上父母兩家列祖列宗及死去親人的名字。另外，父親也要弔亡當年與他一起出生入死抗日勦匪，不幸陣亡的戰友們，還有數包燒與孤魂野鬼。黃昏時，父親領著我們姐弟三人到後院河邊，焚香膜拜後將一包包的紙錢丟入熊熊烈火中。那時的我對生離死別完全沒有任何感傷，但對自己能陪伴父親慎終追遠，卻頗覺好玩得意。祭完祖先，全家穿戴整齊，出門去吃拜拜。當時母親的藥劑師執照租給八堵鎮上的一家藥房，那家藥房是百年老店，生意興隆。老闆娘熱情好客，燒得一手好菜。每年中元節必定請我們一家去吃拜拜，滿桌的雞鴨魚肉，各色的台灣小吃，都是我那燒江浙菜的母親從不會做的食物，所以我吃來格外稀奇，總是大快朵頤非吃撐不可。回家時再帶上幾個紅龜粿、青粿及艾草糕。那時我年年盼著吃拜拜，包著紅豆沙的紅龜粿更是我的最愛。

　　出門吃拜拜時，七堵街上早已熱鬧非凡，看熱鬧的人潮圍滿街頭，拜神遊行的隊伍在街上歡舞，嗩吶鈸鐃之聲連天價響，真可謂「喧填社鼓，漫山動郭」。吃完拜拜回來，還趕得上七堵街上的盂蘭盆會，大街上所有的店家門前都排著一個香案，擺滿了鮮花素果，一面祭拜祖先，一面施食給過往的餓鬼神明。遠方近處不時傳來莊嚴的誦經聲，清脆的木魚聲。菜市場上一盞盞蓮花燈照得四周燈火通明，戲台上，刀光劍影，正廝殺得熱鬧，記得演過的戲碼有《目蓮救母》、《孫臏下山》、《移山倒海樊梨花》、《姜子牙下山》、《孟麗君》等。我當時擠在人群中看熱鬧，雖然聽不懂，但光看戲台上的演員擺出架式，舞著水袖唱著人生的悲歡離合，亦癡迷不已。吃飽看足後，踏著七月十五的月光，在一路金風送爽之下走回山莊裡的家。

　　中元過後，那月亮先是一天暗過一天，到最後變成了一彎如鉤的下弦

月，這時就知道鬼門要關了，所有從地獄放出來的鬼魂都得回到閻王殿上去，菜市場的戲台也就拆了。月亮又一天天的圓了，金風依然送爽，接著是浪漫的中秋節。我們山莊裡過節的氣氛非常濃，家家殺雞烹魚準備吃團圓大餐。孩子們早幾天前就在籌劃中秋晚會，每年中秋我們一群孩子會結伴於晚飯後到山莊前基隆一中的操場上開月光晚會，大家分食月餅柚子，輪流表演拿手的節目。那時的天空沒有汙染，月亮從東山升起時，只見崇光冉冉，玉盤漸轉。等月到中天時，但見明月四周一圈光暈，月華如水，一片清光。我們舉頭賞月，真覺得月亮好美，廣寒宮的月裡嫦娥恍惚清晰可見。平常晚飯後是要作功課的，而那一晚，孩子們可以盡情地瘋。

　　搬到台北後，不但再記不清七夕，連中元節也沒見左鄰右舍哪一家還會祭祖敬鬼神。公寓中燒紙錢不方便，父親只得在陽台上擺個香案要我們磕個頭便罷。後來藥房老闆的兒子從藥專畢業考取執照，母親結束了與他們的雇主關係，從此再沒機會去吃拜拜。雖然每到中秋節，母親依然要擺桌請客吃團圓飯，但我難以忘懷的是童年的月光晚會，還有七堵鎮上醇厚的樸實民風。

　　去國多年，都說美國的月亮大，卻欠缺少年時賞月的那份美好心情。多年來午夜夢迴，我時常夢到七堵的家，夢到我帶著弟妹與童年最要好的玩伴們，瑪利姐、李環、小三妹她們，大家一起在秋夜的金風中月光下載歌載舞。

1　兒時全家福攝於明德山莊
2　父親與幼年的我
3　三姐弟與母親攝於基隆一中校園一角

假如人皆有不忍人之心

　　我少年時是一個完全不解愁滋味的人，明德山莊山明水秀，好似世外桃源。山莊裡一排排磚瓦造的平房，我們那排住了五戶人家，我家位於正中間。那時的房子造得非常牢固，地震震不垮，颱風吹不倒，就是龍捲風也捲不走那整排房子。我家地勢高，屋後數丈之外有條很寬的小河，下大雨時排水很快，從來不怕淹水。那時的治安很好，我們山莊裡，多半夜不閉戶。我那時的腦袋裡認為明天只會更好，天災與人禍完全不在我的人生辭典中。

　　小的時候聽到颱風來了就開心，因為我跟弟妹又可假借著害怕擠到媽媽的大床上去睡。暑假天熱，只有在颱風天，我們姐弟三人可以躲在被子裡看小說。假如停電了，那就更有趣了，點蠟燭吃晚飯有趣，飯後沒法看書，叔叔或爸爸就會跟我們講故事，除了西遊水滸，他們最常講的是洞庭瀟湘一帶的鄉野傳說。

　　有一年的颱風夜，呼嘯的風聲中忽然夾著聲聲淒厲的鳥叫，我聽得很不舒服，趴在玻璃窗上往外看，月黑風狂中只見屋後那棵參天大樹被風刮得枝葉亂顫，搖來晃去的似乎就要攔腰折斷，那淒慘的鳥叫聲就來自樹梢。那是一窩剛搬來不久的八哥，近來常見兩隻黑鳥在屋後飛來飛去，母親說牠們在哺育小鳥，我擔心那鳥巢被吹翻，又擔心樹垮下來砸爛我家，愁得一夜沒睡好。次日見樹沒有被吹斷，鳥巢仍高掛樹梢，放了大半個心，但殘枝落葉滿地，屋上吹走了幾塊瓦片，叔叔上屋修屋頂，我陪爸媽

收拾後院，那是第一次覺得颱風有些兒可怕。

　　也是那年暑假，我的死黨李環的爸爸在他家前院的樹上發現一個黃鳥窩，窩中有兩隻已長了部分羽毛的幼鳥，他為了疼愛孩子砍下那截樹枝，連窩帶鳥捧回家來。李環趕緊把我招去，我們一群孩子開心得不得了，大夥出動找小蟲合力養育小鳥。那天黃昏李環告訴我鳥媽媽回來找不到牠們的家跟孩子急得撞樹而亡，鳥爸爸回來見到愛妻死在草叢中當場氣急昏死過去。我回家將這情況講給父親聽，父親聽後非常生氣，說這就是人為什麼該有不忍人之心，我們只知養小鳥好玩，沒有設身處地為牠們的爸媽想一想，偷了人家的孩子，害死人家父母，你們忍心嗎？我們幾個心懷內疚的孩子只好格外用心的照顧小鳥，以慰鳥爸媽的在天之靈。可是不知什麼原因，兩隻鳥兒先後死去。我想不明白，為什麼小鳥養不活，母親說你們再用心怎比得上牠們父母自己照顧得好。父親嘆口氣說，你們害死了小鳥全家呀！他提到我在颱風夜擔心八哥一家，卻無心害死黃鳥一家，這就是人禍比天災還可怕之處。我把父母的話告訴李環，從此我們再也不要她爸爸去掏鳥窩。

　　我從小跟父親感情很好，唯一煩不過他的就是他那套孔孟仁學的大道理，什麼見善如不及見不善如探湯，幼時曾束縛得我喘不過氣來。黃鳥事件後，我心中十分自責，若不是我跟李環成天想養鳥也不會鑄此錯誤，那時隱隱接受了父親的仁學思想，也肯聽他講孔孟仁學與佛家慈悲基督博愛相通的理論。

　　後來我家兩度搬家，最後住到新店石頭厝。那時父親剛退休，為了蒔花養草，父母選了一樓的住宅。我們三姐弟都在國外，弟弟由於求學的關係，把兒子留在台灣與父母相伴。一九八四年六月一日我回家探望雙親，父親到桃園機場來接我，車到石頭厝，那是我第一次來到新家，看到新店溪的

一泓流水，對岸山上飄著幾縷雲煙，父親遙指青山對我說：風景多好啊！

　　次日那些雲煙化作小雨，到黃昏忽成了傾盆大雨，鄰居有人來報社區的垃圾箱倒翻，我才知爸爸是鄰里互助會的會長。他頂著風雨出去處理，我追出去見到他以六十六歲之齡在暴雨中與幾個年輕人一起清垃圾，我去幫忙卻被他吼回家。到了六月三日，雨越發下得猛。家裡的浴缸馬桶忽然就湧出水來，我與母親到處找破布堵水，此時廚房的排水口忽然有水如噴泉般射出，我們才知情勢不妙。小姪兒先還覺好玩，大水倏忽自門口沖了進來，父親一把抱起小傢伙，水已快淹到膝蓋。母親打開櫃子，搶救她放在底層一袋心愛的舊照片，無奈為時已晚，大水挾著泥沙已把整袋淹湮，照片上沾著稀泥。母親傷心的淚如雨下，我知道那袋照片對母親的重要性，有她讀中學時的照片、留日時的照片、回上海後的照片，還有她的婚紗照。往年多少個夏夜，母親最喜歡坐在床沿拿出相片，與我們細說當年。而今一場大水淹掉了母親所有的回憶。這時樓上的鄭伯母早已在陽台上扯著喉嚨對我們大聲喊話，要我們快去她家避難。母親依然在落淚，我正不知所措，門口忽然閃進一人，一把抱過姪兒，一面對我說：妳快扶著奶奶跟著我上二樓去，我一會兒下來背爺爺。定睛看去才知是住在對門的陳大哥，他先把妻兒安頓好後，擔心我們一家老弱婦孺，特別趕來照應。鄭伯母把我們一家人迎到他家的沙發上坐下後，立刻遞來貢丸湯、肉粽。他們的殷勤招待溫暖了母親的心，終能面對災難，暫不為照片的事傷心。

　　那場大雨就是台北有名的六三水災，兩天前還在讚賞這兒的好山好水，如今已成滿目瘡痍，唯一慶幸的是我在這個節骨眼能回家與父母共度災難。那一回，我看到了人生許多的光明面，大家都發揮了不忍人之心，鄰里間住在樓上的人都下來幫助樓下的受災戶。災後，居民們不辭辛苦的同心協力清除到處淤積的泥沙。我家沒有壯丁，鄰居幫我們接水管、搬家

具，很快的清完了家中的淤泥。

五年後，母親也退休了，父母才移民到美國沒幾天，就在我家裡碰到了八九年的灣區大地震。當年矽谷經濟繁榮、失業率低，災後秩序井然，社區裡互相扶持，浩劫過後除了留下一點餘驚，很快的一切就恢復正常。

天災至今不可測，然而救災的感人故事，卻時有耳聞，甚至為了救人而犧牲自己性命的例子也不少。不管世界上任何角落發生天災，仁德的君子，慈悲博愛的善良百姓，多如雪片的捐款，都能在災區譜出撫慰災民的悅耳樂章。人雖渺小，無力抗天，卻能盡人事將災害降到最低點。

2001年發生了驚天動地的九一一，那天大家都無心上班，在公司裡我與許多同事都被震撼得痛心落淚。多年以後我漸漸了解到那場人禍並非偶然，那是兩個宗教之間累積了千百年來的仇恨。可嘆的是在九一一的教訓猶新之際，美國竟然出兵去打伊拉克，為了籌措軍費發明了次級貸款來刺激消費。假如當政者有一點不忍人之心，假如他們信因果輪迴，假如他們知道冤家宜解不宜結的道理，我相信許多人禍是可以避免的。

不知那些權威的經濟專家可曾預見次級貸款的後遺症，或許他們知道，但為了少數人的私利，他們寧可犧牲廣大的人群。就以我服務的公司來說，兩年多前產品剛剛研發成功，等待產品的客戶一籮筐，偏偏半途冒出了次級貸款，所有的訂單取消，投資人撤資，一個前途無量的公司熄去了公司所有的燈火就再沒有亮過。然而像我們這樣的公司，不過是受災中的滄海一粟罷了。

如今居高不下的失業率，有增無減的法院拍賣屋，欲振乏力的金融市場，日益惡化的治安，不知看在造成大錯的當政者眼中，會不會讓他們產生一點愧疚之心。所謂：天作孽，猶可違。自作孽，不可活。假如人皆有不忍人之心，明天才真正會更好。

長凳與茶水

　　七堵是四面環山的河谷平原，基隆河從西邊的山下流過。我家住在東邊的山腳下。北面的山下有一片大水塘，我們管它叫大湖；半山腰上有一間寺廟，那大概是七堵鎮上唯一的一所廟宇。小學時代每天穿過一大片稻田往鎮上唯一的小學──七堵國小去上學，廟裡清越的晨鐘飄送在鄉間的小路上。

　　初中念的是東山腳下的基隆一中，每天早上在操場上參加升旗典禮時，遠遠望著綠樹掩擁的寺廟，總覺它清幽中透著神祕。初一那年考完期末考，幾個女孩決定去爬山，去廟裡探視。越過操場，爬上湖邊長堤。那道長堤是七堵最美的一道風景，湖面遼闊，湖濱綠樹成蔭，清澈的湖水映出青山的倒影，我們走到長堤盡處，往半山爬去。

　　六月裡暑氣逼人，我們爬到廟門口，早已累得氣喘咻咻，汗流浹背。幾個女孩站在廟前的樹下，拿出手帕一面擦汗，一面扇涼。忽然一位出家人搬來一張長板凳，微笑著示意我們坐下，我們誰也不推辭，爭著坐下猶自喘氣不已。不一會那位出家人又微笑的站在我們面前，手上托著一個茶盤用台語說道：喝茶。

　　我們高興的向她道謝，上前一人搶了一杯涼茶一飲而盡，一時暑氣頓消。她是一位中年尼姑，對我們只是微微的笑，卻不多話。至此我們才知這是所尼姑庵。那庵裡掛了一幅對簾，詳細文字當時就記不清，只知上

寫著那山叫少師山，那湖叫小日月潭。沒想到鄉下的湖山竟然都有名字，而且又這麼雅，不禁欣喜莫名。坐在樹下俯視山光碧水，遙望田裡稻浪翻風，夏日的七堵是滿眼的濃綠。

喝過茶水，我們想上洗手間，一位年輕尼姑引我們到廟後，她臉上一樣掛著和藹的微笑。洗手時，尼姑舀著山泉讓我們洗手洗臉。那山泉順著廟後的山坡流下，用青綠的竹管接到一個大缸裡，清可鑑人，冰涼無比。我們洗去滿頭大汗，頓時神清氣爽。尼姑告訴我們山泉很乾淨可以生喝，我們就著竹管接水，喝下，果然覺得甘美清涼。那是我此生唯一喝過的一次山泉，至今都覺稀奇。那時的我少年懵懂是個後知後覺的人，不懂佛法只聽過出家人慈悲為懷，認為施捨茶水是理所當然。也不曾想過受人滴水之恩當報以湧泉的道理。只知玩得開心就好，揮揮手，道別了尼姑們，快快樂樂的下了山。

後來到台北念高中，每天踏著晨鐘出門，迎著晚磬回家，遙望尼庵，心中想的是什麼時候去灌一壺山泉來煮茶。高中畢業後舉家搬到台北，每次回七堵訪友，聊不完的天，串不完的門子，當然沒有時間再去爬山。

大學剛畢業那年的暑假，住在羅東的卓懿邀請幾位要好的同學去她家玩。次日，卓懿帶我們去梅花湖，她在台北念了幾年書，竟然路已記不清，不覺就迷了路走到了鄉間農村。我們越走越累便到一家四合院前的大樹下掏出手帕抹汗扇涼，忽見一隻母雞帶著一群小雞在覓食，城裡住久了看了就覺稀奇，我們追著小雞數，發現共有十八隻。大家不免七嘴八舌的議論一隻母雞是怎樣能孵出十八隻小雞來，說著越覺好笑，禁不住嘻嘻哈哈的笑鬧起來，驚動了四合院裡走出來一位老婆婆。我們擔心吵了人家，大家收住笑聲正要離開，只見那老婆婆搬出一張長板凳微笑的站在我們面前，示意我們坐下休息。我們也確實走累了，雖然怯生生的，仍都坐了下

來。不一會,又見那老婆婆托了一個茶盤出來請我們喝茶。我忽覺心弦觸動,這場景怎麼這般熟悉,一樣是個酷暑的大熱天,也一樣是一個微笑的陌生人。

那時我們都長大了,很禮貌的接過茶水,對老婆婆千恩萬謝,感激不盡。老婆婆笑得更開心了,留我們多坐一會。我忽然想起當年在廟裡喝茶的事,當時也能這麼懂事這麼會說話,該有多好。

從羅東回來,火車路過七堵,那大片的稻田已建成了調車場,七堵繁華了。車影幢幢中望不見少師山,更望不見我的老家。我心想該抽空回來看看,到廟裡去佈施一些香油錢。可是回到台北後,我開始忙著出國,也就把那事忘得一乾二淨。

後來有緣接觸佛法,皈依受戒後,時常想起那所尼庵,那微微的笑或許就是最初的緣起吧!

竹林之災

　　鄉下長大的孩子多半比城裡長大的孩子調皮。小時候，我居住的山村依山面河，課餘假日，一群孩子們在一起玩耍，除了玩跳房子捉迷藏等遊戲之外，特別喜歡在山野裡探險。當時年幼無知，不論是上山下河，常以搗蛋惡作劇為樂。在大人眼中，我們是群不折不扣的頑童。

　　我們山莊，自山下到半山，一排排的房舍依山層層而建。記得在第二層山坡住屋的盡頭，有一條小路通往後山。從小路入山不久，就會碰到一大片竹林。那些竹子棵棵都有玻璃杯口粗，竹葉很大，是可以用來包粽子的那種。竹林深不可測，竹蔭蔽日非常蔭涼。我們很喜歡在竹林裡玩，除了喜歡竹子的碧綠挺拔、竹葉的橫斜有緻之外，更喜歡折根竹枝來當劍使。用帶著竹葉的竹枝與同伴鬥起劍來，竹葉相磨，刷刷刷地十分有趣。有年暑假大家在竹林裡玩耍，忽見一農人模樣的壯漢，過來對我們大呼小叫，要大家滾出竹林。我們不理，他舉起鏟子，對著我們衝來，眼看就要對我們當頭打下，嚇得眾頑童拔腿狂奔逃命。以後再入竹林玩耍，只要老遠看到那人，我們轉身就跑。那時大家的頭腦都簡單，不懂思考那人為什麼對我們這麼凶，只認為他很壞，也因此對他非常討厭。

　　後來聽其他的孩子說，看到那人在竹林裡剪竹葉挖竹筍。我們聽了很是氣忿，他能在那剪葉挖筍，憑什麼不讓我們折幾根竹枝。後來真有較大的孩子有樣學樣，去偷挖了個筍子出來。挖筍得手，大家喜得手舞足蹈，

想像那農人若知道了一定會氣得揮鐮跳腳，更有調皮孩子學他那滑稽狀，逗得大家捧腹大笑。此後我們進竹林前，會先躲在一角偷看，見那人不在才敢進去。大家對那人又怕又恨，有時發現他在林中，反而故意跑入，離他遠遠地弄些響聲讓他看到，等他發現要罵人時，立刻逃跑。看到他被我們激怒的樣子，便覺開心，漸漸地都把捉弄他當成趣事。

　　我回家把這事告訴母親，說竹林裡有個壞人。母親卻認為我們到竹林裡鬥劍就不應該，捉弄那人更是不該，告誡我不准再去竹林。我心中很是不解，我們明明是在打擊壞蛋替天行道，為什麼大人總說我們不對。誰知道高一尺，魔高一丈，我們不過對那農人施弄小小的惡作劇，他竟然告到山莊來。不知他到過那一戶人家告狀，總之許多家長都被知會，孩子們中有人被挨打，我則挨了頓罵。眾家長除了禁止我們去竹林，甚至告誡我們少到後山去玩。我們這群脫韁野馬，不知反省，反把一股怨氣全記在那農人身上。

　　暑假過後，再沒有大把的空間去揮霍。偶而有空還是忍不住去竹林望一眼，秋去冬來，似乎再也沒見到那人的蹤影。往年在寒假中過完年後，大家便忙著做燈籠過元宵節。一般我們買來燈籠後，自己會再加上裝飾，務求提出去的燈籠要比別人出色。這年，有位大哥不知從哪兒弄來了一支火把。火把上亮晃晃的光焰，壓倒了所有燈籠的光彩。不論燈籠裝飾得多麼美麗，都不如舉著一支火把拉風，於是大家都學著做火把。火把的基本原料不過就是一節竹子，大夥計上心來，報仇的日子到了，人人提著媽媽劈煤球的斧頭，潛入竹林去砍竹子。果然，入冬後再不見那人到林中挖竹筍。每人都砍了一根竹子，有人嫌砍的竹子不夠粗，便進去再砍一支。我們慶幸從頭到尾都沒被人發現，自以為神不知鬼不覺，高高興興地拎著竹子，找大哥哥教我們做火把去。大家回家找塊破布淋上汽油，塞入竹筒，

點上火，便舉著火把到莊前中學的操場上去遊行。一個個孩子都成了水滸傳裡，豪氣萬千的英雄好漢。想到那人若去竹林看到竹子被盜伐的慘狀，一定當場氣瘋。而他又有什麼證據說是我們幹的呢？若他追到莊子裡來，我們來個死不認帳，看他能把我們怎麼辦。當我們正為這場惡作劇得意忘形時，忽見一機伶的同伴，飛奔來通風報信，說看到那農人怒氣沖沖跑到莊裡來告狀，還說大人們答應賠錢。我們當場捻熄火把，到處找地方藏贓物，試圖湮滅證據。我戰戰兢兢的回到家，母親見到我劈頭大聲問到：「妳知不知道，你們把人家的竹林砍得亂七八糟。」

　　我驚訝的說：「那竹林是他的嗎？我們都以為竹林就跟後山的樹林一樣，都是野生的？我們進竹林砍竹，以為就像上山打柴一樣。」

　　母親對我解釋，那人是竹林的主人，他靠賣竹竿、竹葉、竹筍養活全家。他們幾位家長都到竹林中去看過，也決定按照他的損失賠錢，母親已給了他一些錢，事情已解決。但她希望我明白，竹農照顧竹林養家活口不容易，我們毀壞人家作物，人家當然傷心啊！並要我以後懂得體恤他人，再不能惡作劇搗蛋。

　　母親脾氣並不好，向來管教我們很嚴，但那回意外的並沒有打我罵我。她一反常態的怪自己疏忽，沒有在上回農人告狀時，弄清情況，事先開導我們，以至闖出今天的禍事。

　　當年家家都不寬裕，聽到大人們花錢解決問題，孩子們都很心痛。一根竹竿值不了多少錢，那人要求的賠償價大約是市值的兩三倍。事後，我們這群頑童都很懊惱，卻再也不敢去報仇了。

　　如果那農人懂得溝通，不要一看到我們就暴跳如雷，好好的跟我們講道理，我們也不至於故意跟他惡作劇。我把這想法告訴父親，他卻說農人大多沒受過多少教育，他們種竹辛勞，不會想到那麼多。而我們從小上學

讀書，就要學著懂事聽話，凡事站在人家的立場想。無論如何作弄人都是不對的，惡作劇雖然能得到一時的暢快，事後或多或少都要付出代價。爸爸自責他平日太忙，把教養我們的責任全丟給了媽媽。這回若非他即時安撫過媽媽，我回家來不吃頓棍子才怪。

　　年紀漸長慢慢了解公德心的重要，也知世間林木不論是天生天長，還是私人擁有都該愛惜。有一回與朋友一家去爬山，她的幼女看到路旁的野花很美想要去摘，朋友立刻阻止。小女孩哭喪著臉說只要一朵，朋友委婉的跟女兒解釋：「這雖然是野花，但這裡就是因為有這些花才漂亮，如果每個人都覺得它好看，一人摘一朵，花很快就被摘光了。這裡就不再好看了。」小女孩聽後，雖始終盯著花看，撅著小嘴很是不捨，卻不敢下手。我佩服朋友的智慧，適時地給孩子機會教育。換了是我，很可能會認為不過是一朵野花嗎？摘一朵又有何妨。人不學、不知義，很少人天生就懂事，多半要靠後天的教育。朋友也給我上了一課。

情深義重翰墨緣

　　小時候喜歡看漫畫書，看多了，自己也編故事畫漫畫。小學四年級時，我畫了自己幻想的漫畫故事，並用線裝訂成一本小書讓同學傳閱，大部分同學都搶著看甚獲好評。偏有位同學在校外上畫畫班，笑我畫得不好，還有位同學說我的故事幼稚。升上五年級，課業加重，再加上被批評的挫折感，我沒有再畫過漫畫書，卻暗下決心有機會一定要去學畫。

　　明德山莊是基隆一中的教職員宿舍，國際知名畫家劉國松曾在一中教書，也在那裡住過一段時間。小學時便有印象，有位老師成天在畫畫，後來才知他就是劉國松。念高中時劉老師已是國際知名畫家，但他已搬離明德山莊。一中另有位蘇州美專畢業的錢濟鄂老師，與父親交好，我們喊他錢叔叔。一中的校歌是他作的詞，校刊封面是他設計的，他多才多藝在山莊裡有蘇州才子的美譽。後來他應邀開個展，報章雜誌對他大幅報導，佳評如潮。很快地他被台北成功高中聘走，也離開了明德山莊。我原來就喜歡塗鴉，看到畫畫能這般有出息，更加嚮往學畫。

　　父親收藏了幾幅字畫，每回錢叔叔來家小坐時，父親便拿出來與他一起鑑賞。那時的電視台有文化節目，專門賞析故宮名畫，父親喜歡看，我也跟著看，遂對中國書畫發生了興趣。一日父親帶回一份國畫月曆，我看了愛不釋手，並開始依樣臨摹。初一暑假，母親看到暑期教師進修班裡有國畫班，就幫我報了名。我開始學些基礎水墨畫，也才知道梅蘭竹菊有四

君子之稱。初二升初三的暑假，因為升學壓力，沒有再去學畫，但母親答應我考上大學後，會再送我去學國畫。

高中畢業後，我先拜國立藝專教授林賢靜學花鳥，再拜北師專楊年耀教授學山水。為了要題畫用印，遂到國藝中心隨祝祥老師學書法篆刻。初到國藝中心，絕大多數的同學都是舊生，我新來乍到菜鳥一隻，上起課來舉手投足不知所措，因而結識了也是頭一次上課的劉一漪。因為都是初學，上課時自然形影不離。一漪剛自台大哲學系畢業，留著一頭長髮，氣質優雅脫俗，把我當小妹妹照顧，我對她敬愛異常。班上有位還在高中念書的男孩黃勁挺，雖然年少卻刻得一手好印，他是舊生，見我倆什麼都不懂，主動協助我們。課後並陪我們去中華商場的印石店買刻刀石材，在老師的教導與師弟的輔導下，我們很快便刻得像模像樣。台灣夏天炎熱，下課時一漪常請我跟勁挺到國藝中心旁邊的小店吃蜜豆冰。那家的蜜豆冰是我吃過最好吃的一家，冰粒碾得粗細正好，咬起來喀嚓喀嚓易嚼又冰涼，用的紅豆蜜餞及各色配料都合我口味。如今國藝中心並沒有變，而那片店面早已拆除，記憶中的蜜豆冰再也找不到了。

星期假日我們三人常一同相約去看畫展，我永遠記得一漪坐在省立博物館的階梯上等我們，黑亮的長髮隨風飄起，髮絲拂面散落肩頭的飄逸身影。次年一漪到紐約念書，分別時真是依依不捨，我傷心萬分。一漪走後雖有書信往來，但直到三十年後我才在紐約見到她。數年前一漪到加州旅遊，由於行程緊迫只到我家喝了回下午茶。我特地做了拿手的杏仁脆片讓她帶回紐約，我說不知吃了她多少碗的蜜豆冰真是無以為報，一漪卻說我的杏仁脆片勝過所有的蜜豆冰。年輕時的知交能夠重逢，真讓人欣慰不已。

一漪赴美後，我轉到祝老師家上課，因而結識了朱麗麗與林金蓮兩

位師姐，他們都曾在國藝中心與勁挺同過學。麗麗畢業於國立藝專，當時是光仁小學的美術老師，那時她剛得到台陽美展獎，祝老師常以她為模範生。麗麗雖已具畫家的條件，卻全無架子，熱心友愛對後學非常提攜。麗麗常把捲曲的長髮在腦後紮成馬尾，水汪汪的大眼，非常靈動，渾身洋溢著藝術氣息。我常在課餘之暇去找她，走到她宿舍時常碰到勁挺背著大書包也來找她。我們看她作畫向她請益，麗麗忙完了總帶我們兩人出去吃小吃。

金蓮師姐瀟灑帥氣，天生的藝術家氣質。她悟性高，學什麼都很快進入情況，而且作品總有獨到的特色，常受師友們的誇讚。她的水墨畫構圖創新很有意境，不失傳統的水墨淋漓韻味卻不落古人窠臼。她亦善於書法，並善畫水彩。她在中山北路附近一家紙業公司當會計，忙完公務就把辦公室當畫室在那刻印畫畫。我若放學得早，偶而也會在回家途中踅去她辦公室看她的作品。金蓮擅於茶藝，每見我來便露上一手，我在她那裡首次見到精緻的茶具，喝小杯的老人茶。金蓮也常帶我去吃小吃，年輕時我就這樣到處白吃白喝！

勁挺對花草樹木非常有研究，山野間大概沒有他叫不出名字說不出特性的植物。某個週末他帶我跟麗麗到烏來後山去採蘭花。烏來的後山不是尋常人等可以進去的，勁挺認識住在那裡的原住民才放我們進山。我好不容易採了株根結蘭，後來為了追一隻紡織娘摔了一跤把蘭花掉入山谷去了。麗麗發現了一株生長在懸崖峭壁上的萬代蘭，勁挺攀上懸崖挖了下來，可惜後來沒有種活。山路崎嶇難行，有幾處還需攀爬巨岩或貼著山壁而過，勁挺為了照顧我們兩位師姐，不小心擦破手背鮮血直流，麗麗雖立刻為他包紮，為怕他發炎，我們馬上折回，沒有再繼續進山。生平唯一一次在深山裡尋找蘭花，趣味驚險終身難忘。

　　偶然的機緣勁挺結識王北岳教授，聽了他的講學後，傾倒於王教授的飽學。硬說服麗麗、金蓮與我轉到歷史博物館去上王老師的書法篆刻課，於是我們四人又再度同門學藝。在王老師的課堂上，巧遇我學國畫時認識的湯瑛玲。瑛玲秀美無雙，喜穿紗質衣裙，總見她衣袂飄飄而來，好似仙女下凡，她是那種一看就想與她親近的人物。她原畢業於北師專，後來保送師大美術系，畢業展上得了第二名，可見她的才氣不凡。王老師班上人才備出，日後許多同學在篆刻界都很有名氣。但當年王老師最喜歡的學生就是勁挺，他認為他天才橫溢，作品最有風格。老師也常誇讚金蓮，是所有女弟子中刻得最好的一位。勁挺與金蓮後來參加全國展篆刻組，都曾名列前茅。瑛玲擅長人物畫，參加全國展及省展均進入前幾名。我成天跟這幾位藝術家混，雖然書畫篆刻都沒學精，卻培養了不錯的鑑賞能力。我們五人由於興趣相投，數十年來大家聯絡不曾間斷，遂成為終身至交。當年大家一起到各大博物館及藝廊看畫展，優遊於藝文天地的日子過得無憂無慮充實快樂。

　　後來麗麗留學西班牙，從事符號藝術創作，在國際上頗具知名度，回國後受聘於新竹中華大學任教，桃李滿天下。金蓮以舒祺為號，成為頗具知名度的女篆刻家。瑛玲移民紐西蘭，繼續繪畫創作，除了國畫並畫油畫，取材紐西蘭的牧野風光，並應邀回台灣舉辦多次個展。天才型的勁挺成名甚早，後來因故沉潛多年復以黃豆北藝名重出江湖，以甲骨文字創作追根畫。

　　數年前回台灣，適巧遇上瑛玲受邀到文化大學開畫展，勁挺載我上山去看展覽。中午三人在文大的學生餐廳吃飯，餐後一起逛文大校園，到嶺南藝廊看歐豪年大師的畫展，我與瑛玲還有金蓮亦都是歐老師的門生。文大校園依山而建，建築物古香古色，真個詩情畫意。忽然想起我們三人曾

一同去姚夢谷老師府上學詩詞，往日的歡樂時光多麼令人懷念！又憶起當年麗麗出國大夥送到松山機場的難分難捨場面。接著我出國念書時，金蓮送我一只金戒指，瑛玲送我一串象牙雕花項鍊，我珍藏至今。出關時遙望停機坪上的客機，我就要搭機離鄉了，百感交集下不由吟起蔣捷的〈梅花引〉：「白鷗問我泊孤舟，是身留是心留。心若留時，何事鎖眉頭。」如今憶起往事，仍想起〈梅花引〉中的句子「舊遊舊遊今在否，花外樓，柳下舟。夢也夢也夢不到，寒水空流。」

勁挺母親弟妹皆移民矽谷，他來矽谷探親也曾偕夫人來寒舍小住。而其他幾位師姐卻是請也請不來。近年回國，我特意帶麗麗與金蓮愛吃的巧克力糖送給她們，她們總囑我不要破費。我說年輕時吃她們喝她們的無以為報，難得她們愛吃某特定牌子的巧克力，如今終可稍盡棉薄。

今年初回台灣投票，適巧瑛玲也從紐西蘭回來投票。我約大家喝下午茶，麗麗遠從新竹趕來，大家開心重聚。勁挺已是知名畫家，作品搶手，喝完下午茶就由他請大家吃晚餐。將近五十年的翰墨情緣，難得相聚，歡樂之情溢於言表。

坐上飛機回美時，心中惆悵無比！但回味與老友相聚的時刻，又彌補了我心中的傷痕，遂盤算下次再回台灣的日子。誰知此地一為別，就碰上了疫情，而美國的疫情無休無止，阻擋了我的回鄉之路。空憶起昔日遊於藝的美好時光，正像梅花引中的句子「夢也夢也夢不到」了！

1	2
3	4

1 與麗麗烏來採蘭
2 金蓮、祝老師與我攝於金蓮畫展
3 金蓮、瑛玲與我看勁挺寫字
4 左起：勁挺、瑛玲、麗麗與我

繡裡乾坤

繡花是我此生第一個嗜好！

六十年代，物資缺乏。母親總是把她或爸爸過時的舊衣改了給我們姐弟做衣裙。給我或妹妹做的小裙子，為了增加美觀，往往繡上一朵花，如此舊衣新做，穿在我們身上就不顯得寒愴了。母親是江蘇人，蘇繡是十大名繡之首，在她家鄉繡花是尋常工藝，女兒家會拿針就開始學繡花。母親不但繡得一手好花，並收藏了許多各式各樣的花樣。小時候，她幫我做衣服時，我會自己選擇花樣，在一旁幫媽媽穿針引線。從小看母親繡花，我在一旁躍躍欲試，總被母親以太小，繡不好，當心扎了手為由，不讓我試。直到大概是小學二三年級時，學校的工藝課教繡一方手帕，我終於堂而正之的拿起了繡花針。自己的手帕繡好了，再繡一塊給妹妹，給媽媽，給叔叔的女朋友。母親的舊料子，都幫我車成手帕，繡好一方再一方。

老師的花樣，我都借來複製。有些同學家裡也有收藏花樣，我拿著母親收藏的花樣與同學互相分享。我或描繪或用複寫紙，很快地收集的花樣裝滿了一個小盒子。「日暮堂前花蕊嬌，爭拈小筆上床描。繡成安向春園里，引得黃鶯下柳條」（唐，胡令能詩）。傳統的繡花式樣，大多為花鳥，既雅又美，再用花線繡出五顏六色的圖案，不論繡在衣衫上或手帕上，看著一朵朵的花兒在自己的針下繡出，那種成就感喜不自勝。

自學會繡花，我閒暇時便拿著繡箍，走到那繡到那。我接著繡香包，

還計劃繡枕頭套，繡桌巾。繡花很容易上癮，一針在手，不把花樣繡完，根本不想罷手，每開一件小活總繡個沒完沒了。然而我這手針上功夫，隨著日漸長大，迎來了聯考壓力就不得不擱下了。出國後，求學工作，繁忙的日子中很難再找回那股閒情逸趣。

直到生下了女兒，是慈母情懷吧！總想親手為她做點什麼？於是我到藝品店買了繡花線，給女兒買了幾件素面小衫，在上面繡些簡單花樣，以表達我的愛心。

女兒三歲那年我們從加州搬到亞利桑那州土桑市，任職BB公司。無獨有偶，與我同部門的兩位女同事，居然也雅好繡花。我進公司第一天就發現早上十五分鐘的咖啡時間，她倆各自捧著一個箍子在繡花，接著午餐時間，下午的休息時間都在繡。也才知道大家回到家，都要忙家務，所以繡花活在公司做，日積月累，總有繡完的一天。我見了大喜，我正有幾件未完成的活計呢！次日就加入了繡花陣營。接著發現，公司的女同事都利用公餘之暇做針線。咖啡時間，女同事繡花的繡花，鉤針的鉤針，打毛衣的打毛衣。咖啡香裡，做針線聊家常，十五分鐘充分利用。

再度迷上繡花，除了傳統繡，我又跟同事學會了十字繡。經同事介紹訂了一年十字繡雜誌，收集了各式各樣的圖案，同事之間也互相分享圖案與作品。同事波拉正為即將出世的孫兒繡被套，是幅小牛跳月圖，一針一線的去來中不知過了多少日子，原本空白的繡布上漸漸顯出了色彩繽紛的圖案。彎彎黃黃的月下，小牛踏著野草花，向著月兒躍去，天上幾朵白雲，恍惚在笑牛兒的癡傻。同事桂兒在繡心心相印圖，繡好後準備裝框送給即將結婚的表妹掛在洞房裡。繡花一道早已日新月異，這年頭不止花花草草，山水人物動物，大千世界無所不可入繡圖。在用途上，亦越來越廣。今日，不只是公子小姐的龍鳳繡襖，或一床鴛鴦戲水錦被，它可繡各

種藝品,大到壁毯,小到茶墊等。技術亦進步到雙面繡、亂針繡、藝術繡,繡起名家字畫來,更幾可亂真,用之來補壁裝潢,亦是上品藝術。

那時女兒正迷卡通影片小飛象,同事正好拿來迪士尼人物圖案的郵購雜誌,我大喜過望,為女兒選購了小飛象枕頭套件。從此耐心織就,當小枕頭做成後,女兒愛不釋手,天天抱著睡覺。讀大學時,她亦隨身帶到學生宿舍當床頭裝飾品,直至今日她仍用心珍藏。

離開土桑回到北加州矽谷工作,加州生活步調快,沒人有雅興繡花。接著小女兒出世,家務、工作兩頭忙,有幾件剛買來的繡花套件也只好束之高閣。內心深處常想著,將來有空再繡。提早退修,跑到社區學院上藝術課,又接了社區義工,再加上三不五時的出國旅遊,想要有空變成自己的天方夜譚。

三月新冠疫情在美國爆發,大家開始減少外出。三月十七北加州下了居家避疫令,圖書館關門,所有社區活動停擺。一時,朋友之間的應酬歸零,兩個女兒週末不能回家吃飯。我也大量囤積物資,減少出門購物,閉關在家,我這回真正的清閒了。於是翻出二十多年前買的繡花套件,開始重溫舊夢。

春色已殘,但加州陽光正好。我坐在窗前繡鬱金香,針線一來一回沉醉在一花一世界的繡裡乾坤中渾然忘我。「花隨玉指添春色,鳥逐金針長羽毛。」只覺歲月靜好,疫情帶來的所有焦慮似乎已離我遠去。

兩位女兒與小飛象枕頭

嚴師寶珠

在我來美求學前，參加過一次初中同學會。這是畢業多年後，同學們第一次重聚，也是我這一生唯一參加過的初中同學會。那一次的活動是爬汐止大尖山，我們爬到山頂，野餐敘舊。多年不見，同學之間友愛異常，即使當年不熟的同學，亦一見如故地格外親切。談起同窗往事，懷念恩師，竟然大家都不約而同的感念國文老師司徒寶珠，對她推崇備至。我當時頗覺意外！只知自己從她的教誨中獲益良多，因此而對中國文學發生興趣。沒想到，大家竟然都跟我一樣的感念她！

司徒老師畢業於師大中文系，她身高不到160公分，身材苗條，在我們初中生眼裡，算是身材很美的。那時她來到基隆一中任教大概只有兩三年，她平日不苟言笑，走路挺胸平視，儀態非常端莊，給人一種不可侵犯之感。聽學長們說她非常嚴厲，功課很多，要求很高。初三開學，當她走入我們教室時，全班同學都倒抽一口冷氣，知道今年的國文課是沒得混了。

老師一開口，就有股懾人的威嚴。她第一堂課先說明所有的規矩，作業不准遲教，定期小考默書，課堂上嚴禁交談。把一群青春叛逆的懵懂少年嚇得動都不敢動。說也奇怪，一堂課上下來，大家居然褒多於貶，對來了這樣一位嚴師，卻也逆來順受。

我自小碰到無趣的課程，自然走神，腦袋中天馬行空胡思亂想，還喜

歡跟坐在旁邊的同學偷偷講話。我初一及初二的國文課都是這樣混過的，那時認為國文課沒什麼好聽的，不認識的字可自己查字典，背起書來從來都是有口無心，哪能領會中國文學之美。

自從被司徒老師教誨之後，別說跟同學講悄悄話，即使走神的機會也沒有。記得那一年中，只有一次老師講到某事，我因之前才跟鄰座同學討論過類似事情，兩人深感共鳴，忍不住暗暗交談了一句，老師馬上對我倆說：「妳們說得對，但妳們可以下課討論或到辦公室跟我說，課堂上不論妳講得多小聲都會影響同學聽課。」羞得我無地自容，從此再也不敢造次。

司徒老師教課非常精彩，教課文之前，她先介紹作者。對作者的文章風格與特色，生平事跡及趣事，都擇要講述，之後再介紹課文大要與背景。講文言文時，她是一個字一個字的逐字分析，再一句一句的翻成白話。經她講解後，背起書來特別容易。課文中的典故，或任何詞句的出處，老師一定旁徵博引詳細解說。課本的每一頁都被我們寫了滿滿的筆記，而且沒有人敢偷懶，因為每回複習時，老師問的不是課本上的東西，多半是她講的補充，若不認真聽講記筆記，到時準要丟臉。她講課時，人人聚精會神，全班鴉雀無聲，安靜到即使地上落下一根針的聲音都逃不過老師的耳朵。

老師在課堂上，不苟言笑，課餘之時見到我們卻非常親切，對學生關懷倍至。漸漸地學生對她都越來越敬重。

四十幾年前的國文課本，每篇文言文都要背，考起試來翻譯解釋默書的比重佔的非常大。白話文不但不需要背，考試時佔的比重也輕，老師多半草草念過了事。至於作者更是厚古薄今，周敦頤的愛蓮說絕對要比朱自清的荷塘月色重要許多倍。司徒老師教起白話文來，卻一點不含糊。記得

那年讀過蘇雪林的〈收穫〉，老師介紹她的生平經歷，我對這位留法並勇敢向魯迅挑戰的女作家心生崇拜，也開始對現代散文發生興趣。那年的國文課本也選了一篇琦君的文章，老師講到琦君的戀愛趣事，琦君與比她小六歲的新郎於結婚前一天到飯店看場地，經理不知她就是新娘，還問她：「太太，明天小姐幾點來？」一代嚴師也能逗得全班哄堂大笑。老師對琦君的散文推崇備至，也讓我們認識外在不重要，琦君是典型的內在美。

那年讀過諸葛亮的〈出師表〉、李密的〈陳情表〉，老師把一忠一孝，講得迴腸盪氣扣人心弦。印象最深的是王安石的〈遊褒禪山記〉，從一篇遊記中引發人許多思考，教人要有自己的判斷力，而不要隨便聽信別人。她在作者介紹中，不但順便介紹了唐宋八大家，對王安石的變法也分析得比在歷史課上清楚。我那時因此對王安石崇拜得五體投地。

一年的國文課，跟著她神遊故國，跟著她開卷逢古人，跟著她欣賞詩詞之美。從她的補充中，我無形增加了許多國學常識，打下了紮實的文學基礎。跟她上了一年的文言文後，讀起古文非常易懂，即使看《戰國策》亦幾乎毫無問題。

那時回到家裡，我常津津樂道老師講課的精彩。父親本來就是搞文學的，見我的中文程度突然提高，自然欣慰。母親認為文學是基本的人文素養，在我小四升五年級的暑假，她曾逼我背〈桃花源記〉，結果整個暑假我只背出了一段，她對我的愚鈍非常失望。見我突然背古文如探囊取物，因此對司徒老師非常感恩，同樣在基隆一中教書的母親，主動跟老師交往而成了好友。

考完高中聯考後，與幾位要好同學一起去看老師。見她書架上擺滿了書，中外名著、辭海辭源、二十五史都有，才知老師的滿腹經綸，並非偶然。後來，逢年過節，母親都會帶我去探望老師。接著老師與我們學校的

劉老師結婚，劉老師是學校有名的英俊小生，同學們都說他們郎才女貌，配得真好。我家搬到台北後，我與老師時有通信。出國時，沒想到老師竟從基隆趕來送行，還送了我一枝鋼筆。父母移民來美後，漸漸失去聯絡。但前年回台灣時，因待的時間較長，我輾轉打聽，終於又聯絡上老師。我欣喜異常請她吃飯，順便送她一本我的書，沒想到那家餐館跟老師熟悉，不收我的錢，變成老師請我。老師說看到我能寫作出書，已經很高興了，不要跟她搶付帳。

　　我原本沒有哲學頭腦，想像力差。一加一，一定要等於二才合理，所以數理學得比文史好。因為數理凡事皆可證，而文史上常不按牌理出牌。再則我怕聽悲劇，上歷史課，只要聽到什麼叛亂打仗死人的就把耳朵關起來。歷史學不好，英文又差，不得已選讀自然組。也幸虧學理工，幸運的在工業界做了二十幾年的事，謀生糊口還算順利。

　　中國文學從古自今有一脈相承的道統，暗藏東方哲學與做人處世的道理。能夠把國文學好，無形中在生活上會得到許多啓發，慢慢培養出邏輯頭腦。若非碰到司徒老師，我根本不可能愛上文學，日後也不會讀許多文學作品。書看多了，我開始懂得思考，高中時便試著投稿。2008年遇到金融海嘯，當時已有經濟基礎，遂提早退休。閒居在家讀書寫作，到中文學校教書，生活充實，精神愉悅。

　　一位老師能用心認真地傳道授業，頑石真可能點頭。學生資質縱然參差不齊，但對哪位老師的用心與否，心裡都有數。老師負責認真，學生學習的態度自然而然地跟著認真起來。難怪多年後，同學們最難忘的老師居然都是同一位。

碧野朱橋當日事

　　從小一起長大的瑪利姐打電話來，曖昧的說要請我喝喜酒。我腦筋頓時短路，我們這般年記，喜從何來。莫非她也玩那時新的把戲，離婚再嫁？繼而一想，她與湯哥哥向來恩愛，那是絕不可能的事。「難道，妳要娶媳婦了？」

　　「對了！」瑪利說。但她那獨生兒子不是才剛進研究所嗎？

　　「孩子想婚就讓他結吧！」無奈的語氣中，卻依然掩不住興奮。

　　「有空嗎？十月三十日，來洛杉磯吃頓喜酒。」

　　我腦筋想都不用想的滿口答應。瑪利姐娶媳婦，別說從聖荷西去趟洛杉磯本來就不遠，就算是天涯海角，也要趕去的。

　　眼前飛快的浮現起，當年我與她還有陳月靜三人在河邊青草地上結拜的情景。那片碧野，那座朱紅磚橋，是我們少年時代的樂園。課餘之暇，週末假日，都在那兒玩耍。午夜夢迴，仍常夢到我小時與弟、妹、好友在那裡嬉戲的情景。如今瑪利姐竟已從媳婦熬成了婆。回首往事仍然歷歷在目，而我們竟已年過半百。老友相聚時，戲看衆人兒女，免不了笑談喝下一輩喜酒的事，一轉眼就已到了眼前來。更讓人心驚的是，所謂人生七十古來稀，若僥倖活過古稀之年，人生豈不只剩下三分之一不到的歲月。驀然回首，那迢遞來時路，走得竟如此飛快。

　　瑪利姐姓「時」，比我大十一個月，她們一家是在我升小學四年級

時，搬進「明德山莊」的。那是我母親任教的基隆一中之教職員宿舍，我家是三號，她家是五號。由於年齡相當個性相投，我和她很快便成為好友。巧的是，她跟我一樣也有一個比她小三歲半的妹妹，及一個比她小六歲的弟弟。兩家六個孩子，正好玩在一塊。

我們那個莊子，風景很美，宿舍一層層的依山而建。莊前，一條小河蜿蜒流過，隔開了校舍與宿舍。從山莊往外走，要經過河上的小橋，越過校區，才能接到通往鎮上之路。小橋兩邊用紅磚砌成磚欄，橋頭兩邊四角用紅磚砌起四個磚墩，高度正跟一張板凳差不多。大人、小孩常在日頭西斜時，坐在橋上聊天。那時回看山莊，只見「綠樹村邊合，青山郭外斜。」

一中校外，有一條兩公尺多寬的柏油路通到七堵火車站。路的兩旁是成片成片的稻田，有些田也種黃瓜、絲瓜或地瓜。每日我從綠油油的稻田間穿過去上學，春耕秋收，年來歲去。春天燕子呢喃，夏日彩蝶翩翩，秋天麻雀翻飛，冬天時見白鷺在雨中翱翔。那十幾年間，年年風調雨順，日子過得平平安安。

同年，班上轉來一位新同學陳月靜，搬到一中校外不遠處的稻田邊新蓋的一棟洋房裡。由於同班，住得又近，放學後便跟我和瑪利姐一起結伴回家。

那年暑假梁祝的旋風捲來，從不看電影的父母破例帶我們去看。瘋迷之餘，有一天瑪利姐與我和月靜，摘下河邊的柳枝，學起梁祝，結拜為姐妹。此後，我們更形親密。但好景不長，月靜她擔任基宜火車段長的父親，調職他去。月靜很快地搬家轉學，從此失去聯絡。

我剛升上高三時，瑪利姐一家搬到台北。我曾經到她家做客，時媽媽特地為我燉雞燒肉做了一桌菜。回家告訴母親，她笑道時媽媽人就是好，

竟把妳這孩子當貴客了。次年父親服務的單位實施員工貸款，我家也在台北買了房子，與時家同住在松山區。兩家來往依然頻繁，她念大學時與湯哥哥談戀愛，我還做過電燈泡呢！出國時，時媽媽帶著她們姐妹趕來機場送行，所有親友竟只時媽媽一人抱著我哭，弄得我媽還得勸她。數十年來，我從沒忘記那一幕。可惜瑪利姐結婚時，我正在國外求學，不克參加婚禮。幸虧母親與妹妹一早就去她家幫忙，算是為我盡了當盡的義務。後來我與外子自國外回台北結婚。那時，她已生了一個兒子，以過來人的身分，給我許多幫助。結婚當天瑪利姐從早到晚陪著我，換衣補妝，多虧她打點一切。如今她要娶媳婦，我焉有不去之理。

舍弟、舍妹先後定居洛杉磯，兩家比鄰而居。父母移民來美後，輪流在我與弟弟家居住。瑪利一家亦先後移民洛杉磯，我送父母南下到弟弟家時一定會順便去探望他們。前年暑假，湯哥哥退休，他們夫妻特來我家住了一星期。談起童年往事，仍恨不得時光能夠倒流。

數年前我回台灣出差，抽空去了趟七堵，那兒早已面目全非，大片的稻田早已建成七堵調車場。校舍依舊在，卻已不是基隆一中而改成基隆商職。另外在原來校址的南端蓋了明德國中，算是一中改制後的新身。相詢之下，當年舊識已無人住在宿舍裡。明德山莊亦已破敗不堪，小河變窄了，只有那河濱楊柳依然在弄春柔。碧野建公寓，朱橋早斷塌，而當日事更是不堪回首。河水空悠悠，青山點點愁。我站在舊居門口，見久已無人居住的空屋，不禁淚眼模糊。

| 1 | 2 |
| 3 | 4 |

1　回門當日
2　我與父母公婆
3　我與父母弟弟
4　瑪利姐與我

婆婆萬歲

　　四十幾年前走在大街小巷中常聽到一首流行老歌，歌詞開頭便唱到：「人人想過好光陰，家家有本難念的經。有幾對好夫妻啊！有幾個好家庭。」當時年少，不大理解歌詞，回家問母親，她要我切記，人生不如意事常十之八九，婚姻也如此。如今婚後匆匆已滿三十年，回首迢遞婚姻之路，不得不向那首歌詞認同。其實為人若本著家醜不可外揚，任何不如意事，只要來個死鴨子嘴硬，不與外人說，誰又能了解你的婚姻有什麼問題呢？然而婚姻一路上的甘苦，無論如何也仍然是如人飲水，冷暖自知，騙得了別人卻騙不過自己，各人的婚姻帳單也只有各自去料理。

　　記得二十幾年前，剛搬到加州時，欣見此地錄影帶店出租中國電影，夫妻兩人高高興興的租了一部李小龍的名片《精武門》，此片當年大紅之際，我們都是秉燭苦讀的高中生，無緣觀看。得窺當年向隅之名片，兩人都被劇情的愛國情操所感動；李小龍矯健的飛毛腿，手耍雙節棍神出鬼沒的功夫，更強化了電影的張力。先生看得咬牙切齒，忽然想起中學時代一位不通情理的可惡教官，竟感慨的說到，倘若他有李小龍的一身功夫，一定會飛起一腳把那教官踢倒，那才叫大快人心，替所有恨他的同學報仇。又問我有沒有最想踢翻之人，我毫不考慮的說道，我若有那身本領一定飛起一腳來把你給踢翻。先生當時一愣，沒想到他是我最痛恨之人，當下立即信誓旦旦的要洗心革面，痛改前非。其實我若真練成了飛毛腿，大概飛

起一腳要踢他之際，婆婆那張慈祥的臉一定會出現在我面前而讓我踢不下去。

　　先生外表上看來文質彬彬，外人很難看出他有何可惡之處。當年我父母把他當作乘龍快婿，他與母親尤其投緣，我受了他的氣回娘家抱怨，反被母親責怪，還要怪罪父親自幼把我寵壞，都結了婚了還不懂事。反而是婆婆時常噓寒問暖，凡事都站在我這一邊。我常覺人與人之間真是有諸般冥冥中註定的緣份，與外子交往時，兩人同在德州念書，閒話時發現我倆的母親都是台北藥劑師公會的會員，那時婆婆在師大健康中心任藥劑師，母親在北一女教化學。婆婆得知我們交往竟主動與母親聯絡，適巧母親一位教護理的同事，以前曾與婆婆共事過，提起婆婆便翹起大拇指說她的為人真是「好」。母親與父親在漫天烽火中成婚，其後漂洋過海，從未與她的婆婆相處過，但她自幼聽多了婆婆虐待媳婦的故事，能看到女兒找到位好婆婆似乎是她平生最欣慰之事。她與婆婆一見投緣，都覺我倆遠在國外讀書，不如早點結婚也好有個照應，於是那年暑假，我們便回台灣完婚。辦喜事的那段時間父親笑口常開，結婚當日，不知有多少次拉著賓客到我們休息室來，對客人指著外子說「你看我這女婿，多好」。那時母親與婆婆早已成了好友，賓主融洽，一切圓滿。

　　次日與外子全家吃過父親精心訂置的回門酒，第三天我們便到阿里山度蜜月。三天後，從阿里山回到台北時，已是萬家燈火。我們在婆家巷口下了車，先生忽然想吃碗蚵仔麵線再回家。我曾答應平安歸來後立刻給父親打通電話，因此去找電話亭，不想就近找到的公用電話壞了，便再往別處去尋，先生不耐煩，一轉身就不見了人影。我匆匆跑到對街給父親報了平安，回頭再到麵線店去找人，竟不見他的蹤影。回家按門鈴，對講機傳出外子的聲音，竟說不讓我回家，接著掛斷對講機。我站在樓下仰望三

樓的婆家，不得其門而入，心中不覺有氣，很有衝動攔輛計程車坐回娘家去，但想起婚禮那日，父母的得意之狀，總不能一度完蜜月就出問題。正在徘徊之際，忽見婆婆慌慌張張地自巷中走來，一見到我就高興的挽著我問怎麼回事，我告以原委，婆婆聽後說：真是個混蛋，妳跟我回家看我怎麼整治他。回家後見先生一臉鐵青坐在沙發上，婆婆說不要理他，接著拿出一床被褥丟在沙發上，要他睡沙發，然後親親熱熱的拉著我進房間要我舒舒服服的好好睡一覺，讓那個混蛋好好的在客廳面壁思過。一段小小的不愉快自然就被婆婆的智慧給化解了。

　　回美之前公婆父母一起送我們到機場，婆婆再三叮嚀先生不可任性促狹，要好好的對我。母親也要顯現她的教女有方，殷殷的叮嚀我要勤儉持家，善待先生。我當然是聽婆婆的話受用，相反的母親之言正深得先生之心，這也是日後他對母親特別孝順之故。

　　人說江山易改本性難移，先生大概只有兩個缺點一是任性，二是懶惰。凡是他想要做的事，第一時間內立刻要去做，就是十匹駿馬也拉他不回。不想做的事，永遠都要等明天。三十年來依然是他本來面目，永遠是好漢一條，坐不改天性，行不改個性。他在德州拿到碩士後，原本學校留他念博士，不論學校提供多麼好的條件，他非要轉到俄亥俄州大去不可，我當時已在工作，很不願搬家，但為了遷就他，也只好搬往俄州。在俄州大待了兩年，博士資格考也通過了，他卻因為與指導教授處不好，立即輟學，自己一人拎了個包包，獨自坐灰狗巴士回德州去了。昔日老同學無法理解他的行為勸他回校繼續攻讀，結果他兩邊都待不下，便跑到加州找工作。那時正是半導體起飛之際，矽谷求才若渴，竟也讓他順利找到工作。

　　搬到加州安頓之後，次年長女出世，婆婆寄來一筆錢，鼓勵我們買房子。我們從俄州來，無法接受此地的房價，看來看去也買不下手。數月

後，婆婆來電詢問情況，我支支吾吾，無以為答。婆婆她早聽說加州房子昂貴，也知道學區的重要，堅持要我們儘早買，於是又補寄了一筆錢。為了向婆婆交差，我們在還不錯的學區裡，盡速的買了一棟。兩年後矽谷經濟強勁成長，我們那學區尤其水漲船高。那時的我們，原是兩隻從不知房地產會上漲的菜鳥，若照我們的計劃等多存些錢再買的話，就一定錯失良機了。多年後我一直很佩服婆婆的眼光，她怎麼就能預知此地的房地產會被炒熱。

　　女兒三歲那年也就是1988年的夏天，我們同時轉到位於亞利桑那州土桑市的BB公司工作。外子任職半導體部門，我任職系統部門。一家人很快適應了土桑的生活，亦購置了新居。半年後我下班回家，忽見他整理行裝，說次日要回矽谷面談。原來當日他與老闆意見不合，便打電話給以前認識的仲介，剛好有個工作機會，居然立刻幫他安排了面談機會。於是他立刻向公司請了假。面談回來，很快接到聘書。不管我們母女死活，便辭去工作，獨自飛回加州履新去了。由於我們的故居出租，合約未滿無法收回，他只好租間公寓暫時安身。婆婆得知此事非常生氣，不知在電話中教訓過外子多少次。我繼續留在土桑，婆婆時常打電話來關心我，差點要飛過來幫我帶孩子。我在土桑的工作，好不容易做得順手，實在不想離開。但不想讓婆婆擔心，只好將房子處理好，八個月後才帶著女兒回到加州。

　　幾年後公婆來美度假，住了一段時間後要去加拿大看小姑，原計畫臨走前一天去銀行取一筆錢。而在將要離開的前幾天，一家人正在吃晚餐，公公忽然抱怨應該早點去領錢的，外子一時神經錯亂竟怪罪於我，公公說現在去領好了，外子便叫我快去，那時已是晚上八點，見先生這樣的無理要求，我還沒來得及發作，卻聽婆婆說到：我是不是老了，記錯事情，前些時你帶我去存錢，明明看到銀行是從早上九點開到下午五點，現在都快

八點了，你們有辦法走後門嗎？幾句話說得他父子二人啞口無言，化解了一場沒有必要的爭議。

　　世間許多恩愛夫妻，常因為一位不講理的婆婆而演出「孔雀東南飛」那樣的悲劇。我與先生卻在婆婆的明燈照亮之下，一次一次的調整婚姻。婆婆的肚量給了母親很大的啟示，她學著婆婆的做法善待弟媳，結果弟媳感恩事父母至孝，連對我與妹妹都特別好。婆婆常說只要我們過得好就是她最大的安慰，如今我家這位老祖母已是高齡八十八歲。為了讓她安心，我能做的仍然只能包容先生的任性，而他懶得做的事情，也從來不去勉強他。先生怕我向婆婆告狀，偶而也會作些好事，譬如吸吸地毯、買買菜，總能讓我在婆婆面前誇讚他幾句。萬事煙雲忽過，為人何不退一步，若都能像婆婆那樣凡事站在媳婦的立場上去想，婚姻就不是媳婦的墳墓了。

第二部　異國人生

明月千山路

月亮是宇宙間最迷人的一道風景！

黃昏時分，我常在社區散步，從住家走到附近的小公園。回程時，太陽多半已下山。接近家門時，常不經意地舉頭一望，月亮正掛在前院的西洋柳樹上。不論是新月、弦月或滿月，只要看到月亮，總有塵煩盡消之感。偶見皓月當空，無限幽思更在對月吟風中。天上如果沒有月亮，人世間不知要減少多少詩詞。「月夜一簾幽夢，春風十里柔情」、「明月如霜，好風如水」、「深林人不知，明月來相照」、「春江潮水連海平，海上明月共潮生」……。哪一句吟誦月亮的詩詞不美！

北加州的夏天，萬里無雲，夜深人靜後，家家熄了燈火，萬籟俱寂中，月亮格外皎潔，常不免勾起往日情懷。難忘那年盛夏，負笈來美，飛機在關島加油，一彎上弦月凄然地掛在停機坪上空。「上弦月啊！月如鉤，勾起了恨，勾起了愁！」初離家的學子，望月思鄉，不禁淚如泉湧。我從小喜歡看月亮，喜歡把書桌擺在窗前，讀書讀累了就往窗外找月亮。看到滿月，心情總是大好，見到弦月，就來句「西樓望月幾回圓」或吟起「人有悲歡離合，月有陰晴圓缺，此事古難全！」

猶記初到陌生的學校，在中國同學會的幫助之下，註冊，搬入宿舍，暫時安頓下來。開學數日，與同學一起自圖書館讀罷回宿舍。迎面但見一輪滿月高懸空中，異鄉遊子之心忽然得到了安慰。踏著月色回到住處，翻

看月曆才知當日竟是中元節。想到一個月後就是中秋節,今年月圓,人不再團圓,不由傷心落淚。那年的中秋節,一群思家懷鄉的留學生,聚在大學客棧的七樓陽台上賞月。母親寄來了一大盒月餅,鳳梨、棗泥、五仁、豆沙蛋黃樣樣都有。我帶到陽台與大家分享,發現不少同學都接到家鄉寄來的土產,月光晚會的食物意想不到的豐盛。傳統的中國人對子女的關愛,由此可見一斑。「舉頭望明月」,誰人不低頭思故鄉呢?異鄉的第一個中秋節,在父母的愛心,同學的互相關懷中,終能化解鄉愁,愉快地度過。

碩士班口試完畢,我萬分不捨地離開待了三年半的德州理工大學!外子從阿靈頓來接我,我們搭夜車離開。坐上灰狗巴士,回看已如第二故鄉的大學城,萬分不捨,從此又要到不熟悉的環境去闖蕩,我止不住淚如雨下。忽見車前一輪明月,巴士一路追著月亮走,心情居然立刻轉好,止住淚痕。明月似乎帶給我一片光明,指引我去尋找新方向。

初來的那幾年為了求學與出路,不斷地遷徙。在阿靈頓只待了一年多,外子又申請到俄亥俄州立大學去繼續深造。那是1981年的三月初,我們整裝上路,開著一部二手車,從德州阿靈頓市,遠征俄亥俄州哥倫布市。

出發前幾天,多位同學熱心餞行,連續幾晚,都在月色中與好友道別。此地一為別,天南地北,後會難期,舉頭望明月,將來只能「千里共嬋娟」了。

長途跋涉,需要預先做計劃。我們清晨出發,當天趕到奧克拉荷馬州的靜水市去拜訪好友鄭君夫婦。第二天到密蘇里羅拉城探望外子大學同學鍾君,第三天投宿密州聖路易市。第四日停留在印第安那州的首府印第安拿波里斯,第五天開抵哥倫布市。

鄭君與其妻慧中是我在理工大學時的好友,我畢業後投奔阿城的老公,他們夫妻雙雙轉到奧克拉荷馬州立大學攻讀博士。那日下午三點,按

址找到鄭府，久別重逢，他們夫妻熱情招待。鄭君開車帶我們遊校園，以前很以理工大學的校園廣大為傲。到了奧州大才知天外有天，站在奧州大的校園中間，目力所及都是學校的範圍。校舍宏偉更勝理工大學，不由嘆道：美國真是大啊！

鄭君特地帶我們參觀奧州大美術系，英國式的建築，設計得很有藝術感。系館裡的嘉迪娜畫廊（Gardiner Gallery of Art）是靜水市有名的觀光據點。畫廊收集的藝術品甚為豐富，繪畫作品自不在話下，另有木刻、銅雕、絹印等，畫廊也提供給當地藝術家做展覽之用。我對藝術的知識僅限於繪畫，在台灣接觸西方藝術的機會不多。參觀完畫廊，很驚訝奧州的藝術風氣。我在理工大學上過水彩課，藝術系的師資設備都不敢恭維，更沒有專業畫廊。後來到俄州大念書，學校的藝術系也遠遠比不上奧州大。沒想到初離德州，就開了次小眼界。

遊罷校園，回到他們的公寓，慧中早已準備了豐盛晚餐等候我們。席間聊起在理工大學的往事，每逢週末大家聚在一起包水餃、打僑牌，我們的大哥大錢兄播放著他從台灣帶來的老唱片，眾人跟著胡哼亂唱，走調得大家都笑彎了腰。當時常在一起的朋友，如今只有錢兄留在學校繼續攻讀博士，其他人念完碩士都畢業他去，各分東西，要再相聚遙不可期。唏噓間，忽見窗外斜月，不由微微一笑，人世變遷不可預料，只有當時的明月仍在，不離不棄，永遠照亮人間。

次晨別了鄭君夫婦，往密蘇里州進發。過了三州交界點（奧克拉荷馬、肯薩斯、密蘇里）便進入密州境內。一入密州，景色倏忽一變。奧州以農立州，沿途多為牧野農田。而密州山巒起伏，植被豐富，滿眼青綠。密州的森林是多色的，初春時分，枝上有青嫩的新葉，也有些枝頭剛長出紅色的嫩芽，常青的松柏仍是翠綠一片，更有些不知名的花樹已開出粉白

或淡黃的花。野花在高速公路旁成片成片地盛開，五顏六色多彩多姿，整片山野被色彩染得有如一幅新畫成的油畫，正是春光無限好。德州西北是半沙漠，留學生管那兒叫鳥不生蛋之地，幾時見過這樣美麗的春天。時至今日，想起密州的綠，野花的豔，仍難忘密州的美！

到達羅拉大學，聯絡到鍾君，他立刻開車到校園門口來接我們。外子與他自當完兵後便沒再見過面，如今異地重逢，恍如隔世。一年多前我與外子回台灣結婚，當時鍾君已在國外，未能參加我們的婚禮。我們取出結婚相簿，跟他分享與同學合照的相片，他倆憶起大學時代的種種，不禁相視大笑。

鍾君帶我們參觀校園，羅大袖珍精緻，建築物亦皆秀氣。校園裡樹多花多，像座小公園，與德州的粗獷有迥然不同的味道。

在學生餐廳吃完晚餐，已是月上東山的時分。德州西北是一望無際的高原，別說山了連座小丘也沒，月亮從地平線上升起，也沒一棵樹遮攔。月球初升起，大得似面黃澄澄的大銅鑼。美國的月亮並不比台灣圓，但真的大很多。多年後才知那是太陽餘光折射的緣故，等月球升到中天也就越變越小了，才恍悟，月出東山與月出地平線的差異。羅拉這一帶丘陵多樹多，山頭的月亮與記憶中的家鄉月更為相似。

次晨醒來，不見鍾君，不久見他拎著麥當勞的早餐回來。我們頓覺過意不去，他單身一人住在學生宿舍，卻想得這麼周到，叫我們作客的人於心何忍。

回想起來，學生時代大家都單純。同學們常不遠千里開車前來拜訪，那時居住環境差，有客遠來，大夥打地鋪吃漢堡。後來大家有了工作，買了房，生活環境好了。一個個都客氣了起來，我們怕打擾人家，人家也怕打擾我們。老朋友漸漸失去聯絡，午夜夢迴，舉頭望月，不離不棄的仍然

只有天上明月。

　　那年春天的南北之行，開了兩千五百公里的路，過紅河、密蘇里河，再橫過密西西比河，一路遊山玩水，終於在第五天的黃昏抵達哥倫布市。第三天在聖路易市打尖時，車停汽車旅館前，竟被歹徒撬開車門，把放在後座的一只大皮箱及許多家當偷走。還好現款證件都在隨身行李袋中，若非預先寄了兩箱什物到哥城的同學家，我們真要兩袖清風了。德州治安良好，防人之心早已消失殆盡，一趟長途旅行有悲有喜，經歷見識，無形中增長不少。

　　在哥城住了兩年多，外子突然結束研究工作，放棄攻讀博士，打算找事。當時我正攻讀第二個碩士學位，仍要留校繼續讀書。舍妹住在洛杉磯，認為加州工作機會較多，力勸外子去她那暫住並找工作。

　　1983年的七月，我陪外子開著那輛老爺車從俄亥俄州哥倫布市開往加州洛杉磯。四千多公里的路途，一樣在五天之內完成。前兩天為了趕路，每天都開一千多公里。從日出開到月兒高懸，才在高速公路旁找家汽車旅館打尖。橫過麥田無際的肯薩斯州，進入崇山峻嶺的科羅拉多州。翻過洛磯山脈，傍著科羅拉多河前行。山高路險，盛夏之日，洛磯山積雪初融，只見科羅拉多河水自上游捲起千堆雪，驚濤拍岸，往下游狂奔而去。那水勢的急湍，激流的猛烈是生平僅見。翻過洛磯山的千峰萬豁趕到白水鎮尋旅館入住，只見「明月出天山，蒼茫雲海間」，望見月亮亦悲亦喜，悲的是浪跡天涯，不知何日能安定，喜的是無論遇到怎樣的逆境，終能對月遣懷。我們在第四天的午後趕到拉斯維加斯。

　　久聞賭城豪華壯觀，我們順道而來觀光，並排隊買了票看麗都秀。老爺車長途消耗，停車加油後，車子突然發不動了，只好就地在加油站旁的修護站檢修。幸好黃昏時，車子修復，重新開動上路，沒有耽誤到看秀的

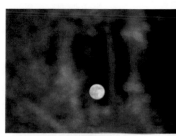

時間。回想一路開過荒山野嶺，如果車子拋錨在荒無人煙之處，後果真不堪設想，不免驚出一身冷汗。我預定陪外子抵達妹妹家後，安頓妥當，就要搭飛機回俄大繼續未完成的學業。想到前途茫茫，夫妻即將分別兩地，心情不由降到谷底。看秀時仍然心驚膽顫，儘管歌舞場面豪華，舞者珠光寶氣勁歌熱舞，我卻愁眉不展，連坐在我旁邊的一對夫婦都忍不住問我是否遇到困難。見陌生人禮貌相問，我只避重就輕，說千里跋涉又遇到車子出問題，因此心有餘悸。陌生夫婦非常好心的祝福我們此後一切幸運，我勉強擠出笑容，也努力安慰自己放寬心。看完秀天已全黑，沙漠型氣候的拉斯維加斯，入夜以後，依舊酷熱難擋，走在五光十色的街頭，看那霓虹燈閃爍出的耀眼繁華，我的心情仍然好不起來。那時為了省錢，不敢住在豪華賭場，而入住城郊的Motel 6，回到旅館，忽見半輪明月掛在旅店上空，「西北望鄉何處是，東南見月幾回圓」，眉頭不由皺得更緊了。

　　半年後外子在矽谷找到工作，我畢業後便飛來矽谷團聚，終於結束了四處漂泊的日子。在美國闖南走北，不知開過幾萬里路。數十年來生離死別，亦不知經過多少回，走過千山萬水，往往「塵中見月心亦閒」。吟一回「海上生明月，天涯共此時」，再怎樣的相思傷懷，亦能轉悲為喜。

上圖　月上柳梢頭
中圖　我與妹妹
下圖　海上生明月

逃離營養室

　　我有一位能幹的母親，大半生的命運都操縱於母親之手。中學時代聽從母親的建議硬著頭皮選讀丙組，開始了我半生的糊塗歲月。我天生膽小，怕血怕打針，絕對不敢作醫生護士，母親的如意算盤是培養我做藥劑師。高中三年不知用功，看來要考入醫學院的希望不大。彼時忽然興起了一個頗為熱門的科系——食品營養，而且聽說各大醫院都將要招聘營養師，四處缺人，前途一片大好，就這樣我進了實踐家專食品營養科。

　　念食品營養需要修習許多化學方面的課程，舉凡有機化學、生物化學、營養化學、食品化學等，我沒有一科有興趣，念得十分乏味。當年父親勉勵了我一句話：興趣可以培養，只要自己轉變心念，天下沒有什麼過不去的事。就因為父親的一句話，我勉強訓練自己喜歡烹飪，思考營養學對生活的重要，竟立下了作一位專業營養師的雄心壯志。實踐畢業後出國深造，補修學分先得到營養學士，繼而攻讀碩士。

　　念研究所時，有幸拿到了研究助理獎學金，系裡大部分的研究計劃多是研究膳飲與癌症的關係。我的研究論文亦不例外，是比較飽和脂肪酸與不飽和脂肪酸對腫瘤的影響。與大多數的生物實驗相同，以白老鼠為實驗對象。論文的企劃案批准後，我們這個研究計劃拿到了大筆經費，一共養活了四位研究生，除我之外，另外三位都是攻讀博士學位的學長。一切準備就緒，實驗開始，大批的白老鼠送到了系館地下室的養殖場。那些白

色幼鼠初來之時嬌小玲瓏，憨傻可愛，我們為牠們調配食物，每日逗弄餵食，頗覺有趣。幼鼠長得很快，不多久我們便開始在食物中添加致癌物質，數月後都成了癌症患者。有的甚至頭上長瘡腳上流膿，狀至恐怖，嚇得我地下室都不敢去了。幸虧彼時教授已請了工讀生餵老鼠，我只須偶而幫忙，但內心深處已隱隱感到讀錯了系。然而身在異國，不讀書根本無路可走，只好咬牙硬撐。一日老闆通知我們四人，齊集實驗室，解剖老鼠，萃取其肝臟的酵素。我跟兩位師姐清理冰櫃，準備試管試液、乾冰等各種藥劑，忙得煞有介事，想到自己即將在營養實驗上更上層樓，不禁有幾分安慰。另外一位師兄在一旁磨刀架木架，我懷疑解剖老鼠為何這般費事。好奇相詢才知他在架斷頭台，老鼠抓來要當場砍頭，我聽後大驚。我原以為老鼠是先用酒精醉死再送來解剖，他說那是隔壁教授做酗酒實驗的做法，我們要的是新鮮肝臟。工讀生抓來老鼠，我們編號秤重做記錄。師兄一把抓過往斷頭台上立刻喀嚓，我嚇得慘叫一聲別過頭去，老闆在一旁批評我膽子太小，還說我那聲慘叫足可衝破營養大樓的六層樓頂直上雲霄。

師兄動作快，我們三人負責解剖，兩位師姐手起刀落，很快取出肝臟。輪到我做時，眼中含淚，手上發抖，根本切不下去。教授大怒，取肝要越快越好，慢則影響酵素活性。因為我的不靈光遂逃過一劫不必操刀，只要負責記錄，將鼠肝封入試管插入乾冰中急凍。像我這樣的孺子不可教，自然無法得到教授的重用，從此負責打雜，跑電腦分析數據，勉強混完碩士，結婚搬家，逃離了營養大樓。

隨夫搬到達拉斯（Dallas）郊區，順利的在葡萄藤（Grapevine）市立醫院找到助理營養師的職位，總算跨出人生第一步，做了一份正式的工作。營養師的工作與我原先想像的亦是天差地別。在實踐念書時，曾被分派到台北仁愛醫院實習。病人膳食那門課我學得還不錯，依照病患的病情

設計營養食譜的能力自是不差。如今到美國又多念了四年書，什麼食物含什麼維他命礦物質自是了然於胸。豈知美國的醫院早已制式化，醫院裡不但備有三個月的循環食譜；連心臟病、高血壓等各種病症的食譜都應有盡有，我的責任只要去翻出來影印交給廚房即可，那用得上什麼專業的營養知識，每天做的都是雞毛蒜皮事。

　　匆匆數月過去，老闆覺得我膳食部的大小雜事都已熟悉，開始要我幫她分擔病人的飲食諮詢問題。這部分的工作聽來頗為專業，就是病人不滿我們供應的飲食時，需要用我們的營養知識去開導病人，讓他們了解我們為什麼要為他們配這樣的飲食。第一回，我去勸解一位不肯吃飯的老太婆，我剛進病房就聽她對我亂吼亂叫，老人家口齒不清，我一句也聽不懂，當然自己就變得張口結舌不知道該從何說起。我尚未擠出一句話，就被護士趕來將我推出病房，說老人家情緒不穩，不能打擾。連續幾次我發現需要輔導的病人多是不講理之人，不吃飯就是不吃飯，壓根兒不要聽我們那套營養大論，我縱有滿腹學問，卻完全無用武之地。

　　葡萄藤市地處偏遠郊區，人口不多，醫院百分之八十的生意來自附近的葡萄藤湖。德州乾燥缺水，湖泊不多，是以只要有個小湖就成了度假勝地。青少年在環湖道上溜冰、玩滑板，很容易受傷。另外孩子們狂歡也不知打碎了多少玻璃瓶在湖底，在湖中划船游泳的孩子時常一不小心就被碎玻璃割傷送來急救。一日聽說醫院送來一位溜滑板撞到樹的受傷青少年，由於受傷嚴重不肯吃飯，院方又要營養室派人去開導。我披掛上陣，走到病房門口赫見病床上一具木乃伊，纏滿紗布的雙腳吊在半空中，兩隻手也被綁在床架上，我嚇得轉身就跑，回到營養室，上氣不接下氣的敘述狀況。老闆搖搖頭說那不是木乃伊，就是受傷少年。可是我說什麼也不敢進

那病房，因此痛下決心，放棄申請了一半的綠卡[1]，掛冠而去。捨不下的是永難忘懷攻讀食品營養的七年青春歲月。

後來我因緣際會轉念材料工程系，在工業界一做二十幾年，再也不曾做過與營養有關的工作。幸虧我學的是食品營養，雖然無法用它謀生賺錢，卻能將它應用在日常生活中。由於自己年輕時完全不了解自己的能力，以至於胡亂選系，白走許多冤枉路。所以我鼓勵女兒尋找她們自己的方向，只要她們有興趣的事，我一定大力支持，需要調整方向時則幫助她們當機立斷，免得枉走冤枉路。

人的個性很難改變，所謂強摘的果子不甜，做不來的事情終究是做不來的。縱然行行出狀元，也得選到適合你做的那一行。天下多少成功的生物實驗家，解決了醫藥上的多少問題，而我卻無能走那一行。為人父母若能傾聽孩子的心聲，放棄自身的執著，或許更能為子女規劃出一條康莊大道。

---

[1]　美國永久居留證（Permanent Resident Card）的別稱，因為卡片是綠色的，所以常被稱為綠卡（Green Card）。

聖路易遇竊記

　　記不清是什麼因緣，早在我來美國念書前對密蘇里州的聖路易市就特別嚮往。我回想起來，大概它的有名不只是它曾在1904的一年中連續辦了萬國博覽會及奧運會，更因為在高中念美國地理時就學到，聖路易是密蘇里河與密西西比河的交會處，十九世紀以前陸運不發達，堪薩斯州的小麥順著密蘇里河送到聖路易去集散。那時的密西西比河上，美輪美奐的蒸氣船繁忙的穿梭其間，擔任所有的運輸工作。當年西部拓荒者穿過聖路易城駕著蓬車往西部去，所以它的別名「Gateway to the West」不逕而走，而那因紀念蓬車西征在密西西比河岸建造的「大拱門（the Gateway Arch）」，不只是聖路易市的地標、美國的著名景點，也是曠世的建築物。

　　一九八一年初春，我們從德州遷往俄亥俄州，計劃行程時，特地捨近求遠繞道拜訪聖路易市。當開車進入聖路易市，老遠便看到那高插天際的拱門，彷彿是立在天邊的一座拱橋，搭在那，迎接某位遲歸的仙女。

　　下了環城公路，進入一區住宅區，一棟棟歐式風格的古老建築，散發著中古世紀的建築光輝及歷史文化的氣息。老屋的草坪上或曾是當年東鄰家的少男愛上西鄰家的少女時情歌對唱的場所，很容易讓人喚起一部老片《Meet me in San Louis》的記憶，眼前彷彿出現了電影中浪漫的歌舞場景。

　　我們迫不及待的往拱門開去。經過市中心，典雅古意的老屋退出視

線，代之而起的是黑壓壓的滿街人群及斑駁破敗的樓群。若非那道壯觀的拱門吸引住我們，真會衝動的直驅過河遠離這黑森森之地。

　　登上拱門頂端，遙見密西西比河岸旁停著多艘粉雕玉琢的樓船，我詫異如今還用它做交通工具嗎？站在我們身旁的一位印度人，好心的告訴我們那些樓船都是當年的蒸汽船改裝而成的餐廳，供人追憶十九世紀的繁華。建議我們晚上去那兒用餐，很有情調。老印是聖市居民，陪遠來的親友遊覽，已坐過十四次拱門的電梯。他又指點我們到拱門下面的觀光中心去觀賞拱門建造過程的影片，了解一下這六百三十英呎高的拱形建築物，當初曾動用了多少建築師去推算每一個著力點的力學。

　　在拱門上臨江眺望，極目可見兩條河遠處的交會點。白茫茫的河水宛如一條銀練遙接天際，遠處的青山被河水隔成了另一個世界，河中沙洲，芳草淒淒、鷗鷺飛翔，正是李白遊鳳凰台時所見的「三山半落青天外，二水中分白鷺洲」。仰望蒼天白雲，又不免錯覺站在黃鶴樓頭，吟起「日暮鄉關何處是，煙波江上使人愁」。

　　離開拱門已近黃昏，迎面見到一家「Motel」，外子居然懶性大發，就想住店。我看到滿街的黑人，不由心中發毛，勸他到城郊去找Motel 6[2]，但他一則實在累了，二則為了晚上到船上用餐方便，便就近打尖。

　　那是家四合院式的汽車旅館，入口處是辦公室，四面樓房中間依著樓層是一圈停車場，停車場中間則是一片草坪。我們拿了房間鑰匙，正要離去。那位負責訂房的服務生卻告訴我們，辦公室前面的整排停車場都不能停車，我們要把車子停到旅館後面的廣場去。我們放眼一看，除了辦公室前面的一排停車場是空的，其他三面的停車場都停滿了車子。可是為什

---

[2]　Motel 6是一間私人酒店公司，在美國和加拿大各處有多家廉價汽車旅館。

麼那麼一大排停車場都不准停車，就算是接待客人也用不著預留那麼多的空位。當下狐疑，一方面也陳情道，我們遠道而來行李又多，能否行個方便讓我們停在院內。無奈那服務生執法如山，毫不容情的趕我們停到後面去。我們開到旅館後面，發現那裡根本算不上是停車場，不但沒有鋪水泥，坑坑窪窪的到處都是垃圾，只零落的停了幾輛車。我當場就想退房，外子不肯，我便要他把放在後座的大箱子搬入房間，他一看泥地難走，我們又住在樓上，便不肯搬。我搬不動，只背起裝著隨身衣物及重要細軟的旅行袋上樓。一進房間我又擔心起那只大皮箱，外子拗不過我，說洗完澡就去搬。洗完澡後他匆匆下樓，只見他走到樓層轉角，忽然大驚失色的往回跑，一面對著站在窗前觀看的我大叫：「我們的車門不知怎的大開著」。我腦門一轟，情急跑到車旁只見那只皮箱已不翼而飛，後座下塞的收錄音機及電子鬧鐘也不見了，車門旁的地上歹徒遺下一把撬門用的起子。

　　其實那箱中並無值錢之物，但有我的全套結婚照片、碩士論文、畢業證書，出國前祝祥老師送我的字畫，尤其珍貴的是太老師王王孫寫的大篆，以及好友湯瑛玲畫的工筆菊花。這些字畫尚未裱褙，外行人看來根本是無用之物，對我來說卻是無價之寶。我禁不住怔怔的流下淚來，接著便指天罵地，怎麼短短一刻鐘的時間，歹徒就將車中之物搬之一空。萬幸的是車門並未損壞仍能正常鎖住。我們跑到辦公室去報備，那服務生竟說他們店中對住客的財務損失概不負責，尤其後面的牆壁上貼有告示，我們問他住店時為什麼不預先示警，他說他沒有那個責任，我的直覺告訴我這是一家黑店。我們憤怒回房，便打電話報了警。兩位警員匆匆來到查案，詳細的做下筆錄並責怪旅館服務生，沒有理由放著院中一大片的停車場不讓客人停而要我們停到後面去，他要我們把車停到辦公室門口，囑咐服務生

幫我們看守，若再有何風吹草動，立刻通知他們。雖然失物已渺不可尋，盡責的警察至少保障了我們投宿在此的安全。

我回到房中，久久無法回過神來，想起那些寶物不由失聲痛哭，想起外子一時的懶惰造成永難彌補的憾事，更是怒氣難平。外子鐵青的一張臉，慢慢鎮定下來，他也覺得那服務生十分可疑，很可能是他串通歹徒來行竊，一方面又說幸虧發現得早，保住了車後行李箱中的全部家當，大難過後他腦筋似乎變聰明了，說字畫將來回台灣後可以再去求，結婚照再回台灣去洗……。既然失物難尋，再不該讓自己坐困愁城，不如到船上用餐去吧！

我們出門用餐，順便繞到後面停車場，指望歹徒良心發現把那些對他們無用之物丟回停車場，竟意外發現那裡空空如也，連一輛車也沒有。船上餐廳縱然氣氛浪漫，我卻在驚懼中食不知味。回到旅館，原來的服務生已換班離去，接班的服務生已接到警察指示繼續幫我們看守車子。回房後，我們夜不成眠，掀起窗簾往外看，赫見整座院中只稀稀落落的停了幾部車，白天的車水馬龍都到哪裡去了？我們這才斷定，白天真的受騙了，後面那片泥地哪裡是旅館的停車場。若非發現得早，若非報了警，若非現款證件都帶在身上，後果真不堪設想。

到達俄州後，我聯絡德州理工大學得知畢業證書不能補發，論文更不可能為我複製一份，唯一能補救的是申請一份註明拿到學位的成績單。我自然不可能再去求取字畫，如今午夜夢迴，仍舊會思念我那些未曾找回的心愛之物。

感恩，在天涯

　　在北美生活了將近四十三年，回首漫漫來時路，驚險，挫折、失敗、沮喪、歡樂皆有之。一路跌跌撞撞但終於平平安安走到今日。回想起來，有幾椿人與事，可說是我生命中的轉捩點，午夜夢迴偶而想起，仍覺僥倖，心中亦充滿感恩之情。

　　猶記初到德州理工大學念書時，膽怯生澀，凡事戰戰兢兢。英文不好，上課時既聾又啞，筆記從來記不全，看書又慢，每天擔驚受怕。幸運的是德州民風純樸，幾乎每一門課都有同學主動幫助我。她們借我筆記，為我解惑，許多因緣巧合，助我過了一關又一關。

　　我們那個年代，高中畢業後參加大專聯考，有四年制大學及三年制專科。我考入三年制的實踐家專食品營養科。實踐雖把四年的學分壓縮在三年修完，但因沒有學士文憑，來美念書，許多學分不被承認，因此先要補修大學部的學分。與食品營養相關的科目，因為已有基礎倒難不倒我。最困難的是要修美國歷史與政治學。歷史課有專門開給外國學生上的，還算容易過關。政治學可就困難了！理工大學是學期制，除了春秋兩季之外，另有上下兩期暑期班。大學部可修兩門Pass & Fail，也就是說只要考個六十分過關即可，修過了算學分，但不計成績。由於政治學是所有課程裡最難念的，於是我利用上下兩期的暑期班修兩門政治課，並選修P/F。

　　教政治學的老師和藹可親。我盡力而為，上課努力聽，準時交作業，

從不缺課遲到。期中考試順利考及格，安了一半的心。有一回老師出了個報告，我乖乖地作了交卷。交作業時，發現前後左右的同學都沒有交。他們告訴我這份作業不一定要交，我花時間去作似乎是多此一舉。我心懷忐忑地交上去，老師收到我的作業，給了我一個讚許的目光，我看了感覺心中一暖，知道自己沒白做。

　　期末考時，由於分量太多，問題太複雜，我多半答得文不對題，考得一團糟。當晚一夜輾轉難眠，如果這門課沒過，下期得重修，如此拖下去，若畢不了業，有何顏面回台灣見父母，天涯路茫茫，前途堪憂！次日，我依照老師預先排定的時間去面見他，以拿回期末考卷及成績單。由於期末考考得太差，我的學期總成績只有五十八分，我看了腦門一轟心頭恍惚受了重擊，傷痛欲絕，老師卻笑咪咪地給我一張P（過）的成績單。這是怎麼回事？原來那份很少人交的報告是extra point，我因做了那份報告加了五分，因此順利過關。那天出了老師的辦公室，在回宿舍的途中，我高興得一路手舞足蹈，那種快樂難以言喻，可能中了狀元也不過如此。

　　修政治學二時，因為已有基礎及經驗，學起來就沒那麼困難，順利過了關。第二年修的課大部分是本科，在課業上就輕鬆多了。我有時間在學生餐廳打工，省吃儉用，不需要父母再寄錢來。大學畢業後順利申請進入研究所，並取得研究助理獎學金，自此再不必為學費及生活操心。

　　來美第二年的暑假，一群同學結伴去科羅拉多州的洛磯山遊玩，我們在山上露營時忽然下起冰雹，接著飄起雪來。我們搭的兩座帳篷都被冰雹打歪了，為了安全起見，立刻拔營下山。德州不常下雪，我們在雪地上開車的經驗不足，一不小心車子衝到了懸崖邊卡在雪堆裡。全車同學大驚失色下車檢視。只見後面的來車陸續停下來幫忙，不一會兒停了一排車。他們幫我們合力把車子推回公路，並確定我們的車子平安無事後才陸續離

去。當年的人真是善良又純樸，比起今日時常聽到的攔路搶劫，真有天壤之別。

念研究所修的都是專業科目，那時生活已適應，語言也不再是問題，輕輕鬆鬆一年半就念完了。同時結識了外子，婚後隨夫遷到距離達拉斯不遠的阿靈頓，並在附近的醫院找到營養師的工作。做了不到半年，發覺自己非常不適應醫院的工作，怕跟病人溝通，見到血、繃帶就要昏倒。醫院裡送死人迎傷病，天天看著鼻酸害怕。實在做不下去，只好辭職。因此考慮轉換跑道攻讀第二個學位。此時外子申請到俄亥俄州立大學去繼續研讀，於是我們遷居北上。

到了俄州大，我先申請讀電腦。電腦系熱門，收學生的條件很嚴苛，先要通過一年的「試用期（Probation）」才能進入研究所。俄州大的學費昂貴，先生的研究助理獎學金不足以支付我的學費。他同學胡永浩的女友王小雯告知，化學系缺助教，我可以營養碩士的學歷去申請助教獎學金。我普通化學、分析化學、有機化學、生物化學等基本科目都修過，因此順利申請到獎學金，但助教獎學金不給Probation的學生。小雯又告知工程學院新成立了焊接系，正在大舉招生。只要化學學分夠，不難直接進研究所。焊接在材料上的應用很廣，如半導體的封裝、電路板的錫焊等，出路也不錯。因此我選擇念焊接系的材料組，靠著助教獎學金完成了第二個碩士學位。永浩跟小雯後來結了婚，在俄州大的三年，獲他們的幫助很多，至今我仍感恩不已。

先生早我一年離開俄州大，幸運地在加州矽谷找到工作，我畢業後便來與他會合。工業界的起起落落，變化莫測。先生來時半導體正火紅，每家公司都用人如渴。輪到我找工作時，竟然碰到了不景氣，許多公司開始裁員。

　　我曾到F公司面談，去了兩次，薪資及上班日期皆已談妥，經理告知我會在三天之內收到聘書。誰知三天後不見聘書蹤影，於是打電話去詢問，經理非常訝異地說，聘書在我二次面談當天就已送到人事部，難道是郵局丟失信件？後來經他查詢，得知人事部接到上級命令，公司所有的人事聘用都暫時扣押，等待副總裁指示。山雨欲來風滿樓，這情況連那位經理也擔心。大約一星期後，F公司發布被日本某大公司併購的消息，所有的研究計劃暫停，聘書當然就發不出來了。後來我又去A公司面談，同樣面談兩次，聘用條件也談好了，一樣等不到聘書，沒多久A公司決定裁撤矽谷部門，煮熟的鴨子又飛了。

　　未幾，我又去S公司面談，約談我的經理是位很有氣質的東方婦女，我與她沒說上幾句話，她的上司居然有急事把她叫走了，把我一人丟在會客室裡。一會，祕書進來告知，公司的客戶有急事需要解決，待會解決完問題，經理及副總會來接我去吃午飯。沒多久，他們果然來接我去吃飯。午餐間閒話家常，根本沒談到工作上的問題。回到公司後，本以為要繼續未完的面談，經理說今天太多突發事件，實在沒時間續談，要我回家等消息。我一路沮喪地開車回家，只嘆找工作為何這麼困難，如果找不到工作，靠先生一人的收入，供房養兒，實在拮据，而我辛辛苦苦念了兩個碩士卻無用武之地，對不起父母的栽培之恩，也對不起自己多年的苦讀。胡思亂想進了家門，忽然電話響起，竟是S公司的人事經理來電，我被錄用了，薪資相當優厚，只要我接受，聘書立刻寄出，下週一就去報到。這回終於是真的，感謝那位女經理辦事效率之快。並感謝她肯聘用我這位全無工業界經驗的新手。那時的矽谷人浮於事，如果她不給我機會，我可能會做一輩子的家庭主婦。

　　來美四十三年，社會發展人事變遷，一切的一切與初來時皆有很大的

不同。我們能在矽谷安身立命，教養兩個女兒成人，回看曾經走過的崎嶇
道路，總會想起一路相扶相持的貴人們。天涯海角，受人幫助之情，點點
滴滴常記心頭。人生在世，當以助人為快樂之本，因此只要我遇到需要幫
忙的有緣人，我也會盡一己之力，伸出援手。

與同學攝於德州理工大學校園

荒野陌路情

　　那是一九八九年的四月天，住在洛杉磯的妹妹為她剛滿月的二女兒請滿月酒。我獨自帶著三歲多的大女兒從亞利桑那州的土桑市開車去探望她。從土桑市上十號州際公路經鳳凰城到洛杉磯，大約七到八小時的車程。過了鳳凰城，一路是荒無人煙的沙漠，並要攀過洛磯山脈南端餘脈的許多山峰，開長途總要擔幾分凶險。

　　那時外子在加州聖荷西工作，我獨自帶著女兒住在土桑。滿月酒定在週六晚上，星期五我提早下班，對老板及保姆撒謊說要帶女兒打預防針，從保姆家接了女兒，就直接上了高速公路，看看腕錶還不到三點，心中竊喜。曾向朋友及同事提過要開車去洛杉磯，眾人紛紛勸阻，所以我偷偷地上路，省得大家擔心。

　　十號公路在亞州境內人車稀少一馬平川之下非常好開，飛車趕到兩州交界處，眼看著就要翻山越嶺，我下高速公路到邊界小城加油。加完油，進店會完帳，一眼瞥見我的車後已排了幾輛車等著加油，正想趕緊去把車開走。抱在手上的女兒忽指著零售架上的炸薯片鬧著要吃，我抓起一包薯片回頭再去付帳，這一耽擱走回車旁時，車後已是一列車隊。我對耽誤了這麼多人的時間深感愧疚，那時總有些移民情節，不願讓老外覺得我們老中不識大體。趕忙把女兒塞進她的娃娃車座，便火速駛離。

　　車子開始爬坡，高速公路的右邊是連綿的山壁，左邊是深崖峽谷，我

仰看天色尚早，只要翻過這片大山，一路放馬洛杉磯，估計十點多就可趕
到妹妹家。正滿心歡喜今日一切順利，忽見女兒自娃娃車座中爬出弓起身
子搗蛋，我奇怪娃娃車座的安全扣是怎麼鬆開來的，猛想起剛才在匆忙之
間根本沒為她扣安全帶。我喝斥女兒坐好，伸手就去幫她扣安全帶，沒想
到車子在六十英里的車速之下頓時失控，斜往內線道衝去，眼看就要撞上
山壁，我使盡平生力氣回轉方向盤企圖穩住車身，誰知車子不聽使喚竟如
離弦之箭，往左邊懸崖飛去，電光石火中煞車也踩不住，眼看著就要摔落
萬丈深淵，腦中閃過一個念頭，我母女就要命喪於此，萬念俱灰中我大叫
了一聲「阿彌陀佛」，說也奇怪我感覺忽然有一股力量將車子提了起來，
神智錯亂間，車子竟然停住了，隨即聽到「哇」的一聲大哭，這才看到女
兒一屁股坐在前座的腳墊上，我忙下車將她抱了出來，小丫頭摸著屁股叫
痛，我檢視她全身上下並沒有瘀青，問她怎麼摔下來的，她說像溜滑梯一
樣滑下去的，好在只摔痛了屁股，我暗叫好險。再一看車子的景況，不由
嚇出一身冷汗，車子卡在路旁的鐵條柵欄上，左前輪半懸空中，車頭撞得
稀爛，油啊水呀的流了一地。原來這一段山坡路每隔百來呎，就設有一小
段柵欄，我若開快一秒或開慢半秒錯過柵欄，就會飛到懸崖之下了，生死
只差在一線之間。

　　我抱著女兒站在車旁，一時不知該怎麼辦，此地窮山荒谷，求救無
門，也不知巡邏警車會不會打此處經過？忽然想起曾看過一部恐怖片叫
「隔山有眼」，一家人的車子在荒漠中拋錨，全家被山賊所害，倘若出現
什麼車匪路霸，我母女倆豈不比葬身懸崖下還要悲慘，心驚膽戰中只能合
掌念「南無觀世音菩薩」，女兒平日聽我念多了也合起小掌隨著我念。誦
念聖號確實能讓人壯膽，我安定下來，思想起高速公路上每隔段距離便設
有黃色的緊急電話盒，不如循來路去找，再說我加完油後只開了十幾英

里，假如安步當車下山，四五個鐘頭左右當可走回小城去打尖，記得加油站旁即有家汽車旅館，洛杉磯是去不成了，次日只好搭灰狗巴士回土桑。胡思亂想中忽見兩輛十輪大卡車相繼停在內線道的山壁旁，各自走下一位司機來，我不知來的是俠是盜，不禁全身毛骨悚然。兩位司機快步奔來異口同聲問道：妳需要幫忙嗎？

兩人問了我出事經過，就不約而同的去檢查我的車子。原來他兩人並不是一路的，他們從不同地方來，將往不同地方去，他們商議要如何幫助我，討論幾句後，便分別回到卡車上拿下工具，掰開柵欄橫條，鋸斷我車前被卡住的部分保險槓（Bumper），合力將我的車子拖出，兩人搞得灰頭土臉滿頭大汗，然後對我說車子只是撞破水箱及油缸，但仍然還有半箱水半缸油，好在引擎沒有損壞，應該可以安全開回山下小城。他們雖然如此這般的為我盤算，卻又輕易不敢讓我把車開走，兩人皺著眉頭討論若水與油繼續漏，開到半路出問題可怎麼辦？是不是應該護送我下山，確定我住進旅館，弄清楚如何坐巴士回土桑，一副送佛該送到西天才對。他二人還未商量出結果，救星出現了，來了一輛警車走下兩位警察。兩位卡車司機爭先恐後向警察報告我的困境，尤其我還抱著個三歲的女兒實在可憐。警察作了記錄，告訴我車子可以留在原地，通知保險公司來處理，他們可以送我去投宿。警察作筆錄時，兩位卡車司機緊張的齊向警察求情，請警察先生千萬不要開我罰單。警察解釋筆錄主要是留作向保險公司爭取理賠的根據，他兩人才放心。這時女兒也已不驚不哭，竟然跟另一位警察玩起捉迷藏來。

作完筆錄，警察囑咐兩位司機安心上路，他倆又對警察千哀求萬叮嚀務必好好照顧我們母女才揮手告別，認識他們不過一個時辰，竟對我們這般關懷，沒想到世上竟有這般純樸又好心之人，我對他倆真有說不出的感

激，一面千恩萬謝，一面祝他們幸運。

　　兩輛卡車剛開走，又有一輛小車停下來表示要幫忙，車上是一對年輕的墨西哥裔夫妻。警察得知他們去洛杉磯，便改變主意請他們順道送我們，兩人爽然答應，將我們的行李搬到他們車上。揮別警察，天色已暗，想我們鬼門關前走了一遭，竟然還能安全的往妹妹家去，真是何其的幸運。我對那對墨西哥夫婦說，我願付一路上的油錢，兩人憨笑不語。到了加油站我搶著付錢，他們竟制止說，收了我的錢就不算真正幫我，這是什麼邏輯，付油費不過是我一點感激之心，可兩人腦筋轉不過來堅持不受。

　　我用加油站的公用電話聯絡上妹夫，約好在高速公路出口等候。子夜一點左右，妹夫載著四歲的大女兒來接我們，女兒與小表姐熱情擁抱，小腦袋中尚不曾認識死裡逃生這辭彙。我指著不遠處開放二十四小時的丹尼斯餐廳，對墨西哥夫婦說很想與他們共進宵夜，但小丫頭們可能撐不住，只能付錢卻沒法一同去了，兩人聽著有理才收了我二十五元。

　　流年輪換，二十年來此身雖在堪驚。人世多少意外悲劇都只在千鈞一髮間，我是何等的幸運能逃過一劫，我一直有一種感覺，當初車子幸運卡在柵欄上，若非佛力，也必定是感應。如今女兒早已亭亭玉立，大學畢業後順利找到理想工作。那兩位卡車司機不過與我陌路相逢，卻費盡力氣幫我，他們如果知道我當晚終究去成了洛杉磯一定會很高興。和善的警察、憨厚的墨西哥夫婦，也都好似尋聲救苦的觀音菩薩。人海茫茫，不知他們今在何處，縱使相逢也不識，想要報恩也難。我一生受過許多的過往群眾之恩，卻往往無緣以報，所以只要能有機會助人，我都願盡力為之。也僅能以下濟三途苦的方式來上報四重恩。

大黑姐與小黑妹

　　李家同教授有篇很有名的文章〈視力與偏見〉，敘說一位自小便對黑人心存偏見的白人，發生意外後卻靠著黑人的幫助而獲得重生，故事感人而發人深省，並直接批判為人心存偏見之不應該。然而真要對黑人沒有成見，那又談何容易，事實上黑人的問題的確多，犯罪率也高，所以我向來對黑人敬而遠之，直到認識了大黑姐與小黑妹，才與黑人有了近距離的接觸。

　　十多年前，我曾經工作過的S公司之F廠出了一個採購經理缺，因為廠長蔡先生是我舊識，於是我又被拉回老東家工作。F廠的採購部門真是一個聯合國，十幾位採購師中有老中老美老印老墨，還有兩位黑小姐。美國的黑人，倒並不似非洲黑人那般漆黑如墨，或許是北美洲的陽光沒有非洲熾烈，也或許他們的祖先曾與白人混過血，幾代之後膚色就淡了些。兩位老黑面相都算和善，兩人一胖一瘦：胖的年長，同事們喊她大黑姐；瘦的年輕，大家便管她叫小黑妹。大黑姐非常能幹，頭腦清楚做事乾淨俐落，是位絕對理性的人物。小黑妹心地善良，做事不知輕重緩急，非常感情用事，是位十足的感性人物。

　　高科技的採購並不好做，由於產品變數大，市場需求機動性高，加上公司的物料管理系統複雜，採購師的壓力非常大。原以為我空降過來當經理，聯合國人會對我搗蛋排擠，沒想到大家都怕我找他們麻煩，一個個對

我十分巴結，很快的我就跟大夥混熟，但是沒過多久兩位黑姑娘就先後出問題。

　　大黑姐原本就有遲到早退的習慣，但她經驗豐富，動作又快，只要份內之事不出錯，我也就睜隻眼閉隻眼。我們廠長雄才大略，凡事往大處看，也從不過問我的領導方式。正慶幸工作還算順利，一日還未到中午，大黑姐就飛奔相告，她兒子在學校出了事，她要趕去處理，接著風馳電閃的跑了。我忙檢查她負責的企劃案，發現她在短時間內把該處理的事都做了，並未留下麻煩，對她敬業態度非常感動。

　　次日她下午才來上班並告知兒子在學校打人，因是累犯已被勒令退學在家，在兒子未找到新學校之前，她早上都得在家看孩子，直到中午她大女兒下課回來跟她換班，她請求我格外通融，並保證她負責企劃的材料都會及時處理，絕不耽誤工作。我無話可說，只能盡力幫她度過難關。好不容易她兒子轉入新學校，黑姐的工作恢復正常。某個星期一大家才剛進公司沒多久，竟來了位警察到公司找黑姐，原來她大女兒於週末跟男朋友到雷諾城去玩，兩人在旅館中吵架，女兒拿檯燈重傷了男朋友，結果男孩進了醫院，女孩進了監獄。黑姐驚聞巨變，仍能臨危不亂，很理智的把急待處理的工作與我交代清楚，她不知如此一去，何時才能回來上班，請我暫代她的工作。我心中納悶，黑姐是一位相當好的人，雖因為家庭關係時常遲到早退，但她人緣不錯，與她配合的工程師，企劃經理都很喜歡她。她採購的材料之價錢向來都很合理，很少花大錢到黑市去亂買東西，更不會丟三落四延誤產品上線時間，這樣一位聰明的人物怎麼盡養出闖禍的孩子？

　　黑姐請了半個月的假，回來後與我長談，才知兩個孩子是她的拖油瓶。由於前夫不成材，她離婚後獨立扶養兩個孩子，直到她碰到現任丈

夫，再組家庭。她第二任丈夫是位軍人，目前全家住在空軍基地的宿舍。美國軍人的福利好，終身享有健保，本以為軍人的形象可以給孩子做一個好典範，沒想到在她生下老三後，由於要照顧小的又要兼顧工作，對兩個大的便疏於管教。丈夫脾氣不好又偏心老三，兩個大的與繼父漸行漸遠，繼而叛逆鬧事令她頭痛不已。我同情她的處境，對她極力通融，但她兩個孩子的禍事依然層出不窮。2002年開始，高科技陷入極端的不景氣，公司營運一落千丈，開始裁員。黑姐資深，工作能力又強，原本不會裁到她。到了2003年，十四位採購師裁得只剩八人，人人的工作加重，黑姐吃不消，自願放上裁員名單。她告訴我，拿一筆遣散費加上半年的失業救濟金，她可以好好的回家相夫教子，希望借此將兩匹脫韁野馬帶回正途。由於黑姐的自願被裁，為我省去了一大麻煩，否則每回被迫揀選裁員名單，取捨之間實在傷透腦筋。

那日黑姐收拾什物，捧著一只紙箱，辭別同事，我送到門口與她擁別，想到三年共事，不禁悲從中來與她抱頭大哭。黑姐安慰我說，她住的是公家宿舍，軍人是鐵飯碗，吃不飽也餓不死，她需要的是暫時休息，並囑咐我若他日她重出江湖時，好好的幫她做推薦，我點頭應允。黑姐行事做風非常理性，然而黑人的先天不足，仍讓她一生吃盡苦頭。一年多後黑姐曾經打過電話給我，告訴我她有面談機會要我為她做推薦，我自然為她說盡好話，但後來得知她並沒有拿到那份工作，她仍會繼續找事，因為家裡食指浩繁，她需要一些收入。但以後卻再也沒有她的消息，這麼多年來我時常想起她，希望她能以她的理性度過重重難關，步上坦途。

回頭再說那小黑妹，她五官分明嬌俏可人，是個十足的美人胎子，臉上永遠掛著真摯的笑靨，看到她很難不對她發生好感。她工作認真，卻沒有一件事做得好，負責的採購案，每要上生產線時，不是缺三少四就是買

錯材料，我成天為她滅火救難，被她攪得焦頭爛額。她感情豐富，若客人需要趕貨加班，她不但不收客人費用越權答允以外，還直接跑去生產部門關說求情，結果我得收拾善後，求爺告奶的裡裡外外賠罪認錯。正不知該把她怎麼辦的好，一日她忽然在公司昏倒，送醫急救，發現她懷了孕，由於體質問題，有流產跡象，產前需要安分守己的躺在床上，不能再上班。上天幫我解決了一個大問題，黑妹至少得在家休息一年。

一年後，黑妹將銷假回來工作前，抱著女嬰，領著五個從十四五歲到六歲年齡不等的女孩兒回廠裡看大家。除了六歲的小姑娘是黑妹所生，其餘四個大的乃她丈夫前度婚姻的女兒。我訝然那前妻的勇氣，竟然一口氣生了四千金，黑妹解釋四個女孩屬於四位不同的母親，但其夫只結過兩次婚。他說前妻生女後，丈夫外遇，於是老二氣走老大；老二又生一女，兩人還未結婚，丈夫又愛上別人，於是老三氣走了老二。接著老三也生了女兒，丈夫又愛上老四，當然老四又氣走了老三。最後丈夫愛上她，在她生下其夫的第五位女兒後，選擇與她結婚。黑妹很有愛心，感激丈夫最終選擇了她，主動與丈夫其他的女人做朋友，並負起扶養四位繼女的責任，除了老四不肯原諒她，其他三個女人都與她成了好友。她口口聲聲要與老四化解恩怨，因為她們將攜手關心女兒的成長。我越聽越奇，嘴也越張越大，差點下巴就要掉下來。我對她說，假如人有來生，千萬不要嫁這種人。黑妹不以為杵，說她丈夫只是太有愛心，對女人都好，但終究愛的只是她，又為了對她表示忠誠已做結紮，永遠不會搞出第七個女兒，阿彌陀佛！其夫總算做了件好事。他那丈夫我是見過的，雖是黑人，但的確高大帥氣，在工廠做技工，業餘是鄉村歌手，本以為他與黑妹郎才女貌，卻不知其中這般曲折。

黑妹頭腦一團漿糊，不能再讓她做生產採購，回來上班後，我給她安

插了一份閒差事，負責廠裡所有工具設備的買辦。其實工具設備等項目，原本工程師們只需要到採購部填張單子，一切事宜由他們自行負責。為了讓黑妹有事幹，我請黑妹統一將採購單輸入系統並做些協調工作，買辦詢價等事宜仍由工程師各自處理。黑妹工作輕鬆了，結果她依然忙碌，成天忙著寫卡片，復活節全部門都收到她寫滿了感性之言的彩蛋卡片，她是虔誠的基督徒，沒事便寫幾句聖經話語畫個小圖送你。接著萬聖節、感恩節、聖誕節，一年下來，卡片送到我架上已無處放置。原本以為她的工作不必動腦筋，但她仍常因熱心過度，越俎代庖惹毛工程師。公司開始裁員時，廠長第一個就勸我藉機把她請走，但那時她丈夫已經失業只靠著業餘唱唱歌，一家八口全靠她一份薪水，我怎麼也忍不下心。人事部門為了不落種族歧視的口實，也囑我盡力保護她，就這樣黑妹勉強存活了下來。

2004年，我承受不了公司每季裁員的壓力，終於去職他就。我一走，黑妹便丟了工作。好在她模樣甜美，人又年輕，只要有面談機會便容易討好，再加上我的大力推薦，她很快便找到新工作。但她的工作能力差，往往不到半年，又打電話找我為她做推薦。三年前聽說她老公再度外遇，她心碎離婚，從此不必再扶養四位繼女，或許這也是她的解脫。又聽說她做小學教師的母親，看透了她不適合在工業界混，幫助她轉業教書。黑妹的母親我也是見過的，高雅友善是位很有教養的老師，但黑妹的爸爸早就不知何處去了。她成長於單親家庭，渴望父愛並非常感性，結果也未逃過所遭非人的命運，青春虛度，落得與寡母相依為命，共同撫育兩個女兒。

黑人家庭很少有完整的，大概源於黑人男子多半感性而不知理智。黑人女子不論感性或理性，多半都勞苦終身。假如政府能在教育上下工夫，提升他們的責任感，灌輸家庭的重要，了解修身齊家的道理，或許黑人的家庭問題才能減少，而讓人真正不以偏見的眼光看待他們。

守在加護病房的日子

　　世間有些經歷，在當時覺得非常苦，事後追憶起來卻是溫馨的。為人子女，最遺憾的莫過於「子欲養而親不待」，最無奈的卻是「久病床前無孝子」。世間人很難做到無怨無悔，即使能，這樣的人可能早跳出三界之外了。

之一　守護父親的日子

　　2001年一個暮春三月的午後，我在辦公室與老闆討論公事，忽接到弟媳電話說父親住院，弟媳欲言又止，我直覺情況不妙，腦袋頓然真空。老闆一看情況不對，建議我訂機票次日就南下洛杉磯看望父親。定好機票，知道次日就可見到父親，我忽然感到餓。這才想起自昨天開始，我的腸胃好像打了結，一點東西也吃不下。前一日午餐時間，我照常熱了便當與相熟的同事坐在一塊，打開便當吃了一口竟無法下嚥，隨即蓋上飯盒推到一邊，同事見狀以為我食物不合胃口，紛紛推過他們的便當要我嘗，我苦笑說不知為何吃不下東西。當晚回到家也是一口飯都吃不下，外子大驚怕我是得了胃癌，要我及早去做檢查。捱到次日中午，我在餐廳晃來晃去就是吃不下一口食物，搞得同事接二連三地來勸慰，感認為我工作壓力大，想不開。我自己更納悶，暗想是不是真得了什麼絕症，兩天來不吃不喝的卻

一點也不餓。得知爸爸住院，腸胃突然有了知覺，才去餐廳吃了點東西。我感覺這兩天的情形很不尋常，似是有什麼無形的東西困住我，莫非是爸爸與我的心電感應，他的潛意識在招喚我，不由全身嚇出一身冷汗。

趕到醫院，才知父親已住院兩週，母親怕擔誤我工作，不願讓我知道。但是護士出身的弟媳覺得情況不樂觀，背著母親把我叫了來。那時，弟弟與妹妹兩家人都忙翻了天，弟媳只好通知我這位大姐前來商量。父親是個意志力超強的人，除了五十七歲那年開過膽結石，以後頂多就是咳嗽感冒，幾乎沒生過病，也很少看醫生。或許是太會忍耐了，小病不注意，一發就成了大病。若非弟媳堅持送院檢查，他還不肯住院。入院後發現需要洗腎，誰知洗腎後父親身體不能適應，竟然奄奄一息。我在父親床邊輕聲道：「爸，我來看你了。」父親擠出一絲笑容，問起我的兩個女兒，我說她們都好。父親很高興，精神頓然好了許多，我要弟妹們陪母親回家休息，我獨自在醫院陪伴父親。

幾天後父親昏迷不醒送入了加護病房。我向公司請了長假在加護病房旁的休息室打地鋪。我在那裡住了十天，結交了兩位同甘共苦的室友，一位是黑人，一位是墨西哥裔。老黑叫伊利莎白，母親因中風入院。老墨叫波拉，母親是心臟病。三人互慰互勉，一起去餐廳買咖啡，互相分食親友送來的食物，一起追憶童年往事。憂心時一起垂淚，講到舊時趣事，三人也一起破涕為笑。醫院入夜淒清陰冷，是以我們都半睡半醒，不時的去查看病人，萬一父親醒來，總得有個人陪伴在旁邊。我初次體認到，對父母的孺慕之情原來不分族裔，伊利莎白與波拉對父母孝順之觀念，並不輸我們中國人的傳統思想。伊利莎白篤信基督教，時常禱告。我自父親住院後阿彌陀經與地藏經輪流念，波拉沒有深厚信仰，隨著伊利莎白阿門也喜歡跟我一起阿彌陀佛。我們的親人都掙扎在生死邊緣，不同信仰的三人共處

一室，不但和睦相處，還能互相分享，互相尊重。

　　白天我們三人都會分別與家人通電話，談話內容竟然大同小異。父親想去阿拉斯加旅遊的心願未了，我到處打聽，遊輪上有沒有洗腎的服務。弟弟洽談購買輪椅，以及與醫院一般可以升降半躺的床，他們兩人也在計劃相似的事情。伊利莎白的母親已經八十八歲了，我告訴她父親現在八十四歲，若能活到她母親這個歲數，我不知有多高興。她卻說，不論怎樣她都捨不得，只要母親病癒，她們兄弟姐妹願不計代價的照顧她。波拉母親只有六十七歲，醫生說即使她能度過危險期，以她的心臟功能最多只能再活一年。她的兄弟姐妹也討論在這一年間，要讓她如何過得快樂。我們都想盡辦法，希望病人出院後能得到最妥善的照顧。

　　伊利莎白的母親最先醒轉，她拉著我與波拉去探望，並告訴她母親我們這幾日相扶相持的經過，又在她母親床邊禱告祝波拉母親及我父親及早醒轉。伊利莎白的母親於次日轉入樓上的普通病房。適時波拉母親也醒轉過來，三人又一起去看她母親，波拉母親看到我們笑得好優雅，我想她大概好了，心中極其羨慕。不想又過了一天的早晨，我不過才睡了一會兒醒來，波拉就告訴我伊利莎白的母親死了，只見她剛剛哭著走了，我趕出去沒有見到她的蹤影，從此再沒見到她。

　　父親送入加護病房時，醫生估計他只有兩到三天的時日，氣得弟媳跟醫生大吵一架。我坐在父親床邊念地藏經，念完七遍時，父親忽然醒轉，醫生直說是奇蹟。波拉也高興地來探望父親。父親醒後，腦筋反而清楚了，暗暗跟我交代幾件不願讓母親知道的事，我答應一定會替他辦。母親堅信父親已渡過難關，打發我回家。那時波拉母親已轉入樓上的普通病房，我與她互留電話作別。波拉邀我一定要去她家做客，還有興趣跟我一起學佛。

　　我回家一星期後的清晨六點，電話鈴聲忽然響起，弟媳哭著告訴我父親走了。當晚打電話給波拉，她告訴我剛辦完母親喪事。我真不明白這家設備一流的醫院，為什麼誰也救不活。父親奇蹟式的多活了十幾天，似乎只為了有機會向我交代那幾句話，還有讓我們姐弟們有機會盡最後的一點孝道。

之二　陪母親最後一程

　　辦完父親的喪事，母親北來與我們住了一個多月。她每天一睡醒就開始罵醫生沒用，罵父親不該走，丟下她一人，以後叫她怎麼過，我們怎麼勸也無用。父親在世時，因為研究禪宗及老莊思想，所以個性清靜無為，對三個孩子放牛吃草疼愛有加，被好強的母親埋怨了一輩子，所以我們對母親都有一份愧疚。沒想到父親歿後，母親竟然強烈的不適應，天天鬧著活不下去，人前人後儘說父親的好，親戚朋友都跌破眼鏡。往日父親在她口中的種種缺點，竟然是她內心深處的優點。

　　同年十月母親自成人學校下課，邀幾位要好同學搭公車回弟弟家喝下午茶。據說當時有一位同學講笑話，母親笑得太厲害，下公車時一腳踏空，摔了一跤。當時父親同事的太太孫媽媽，原在旁攙扶著母親，竟然抓不住。母親頭上撞出一個大包當場昏過去，巴士司機通知警察，用直升機將母親送到南加大醫院急救。孫媽媽跑回舍弟家通知剛放學的姪兒。姪兒聯絡警方，知道奶奶在南加大醫院急診室，馬上通知他爸爸、小姑姑及我。我在辦公室接到電話，當場嚇得不知所措，失聲淚崩。同事們知我才喪父半年，都來問候，關心不已。次日一早我馬上飛去洛杉磯。

　　妹妹自機場接了我，便直奔醫院。妹妹對我描述昨晚，他與弟弟接到

電話，兩人都嚇得雙腳發軟。妹妹由大女兒開車，弟弟由大姪兒開車，兩路人馬先後趕到急診室。醫生告知母親腦溢血，認為八十五歲高齡的她，不宜開刀，即使開刀也很可能變成植物人。要讓母親自然離去，估計只有三天時間。他們母女父子四人苦苦哀求，醫生堅持不動手術。我趕到時，母親已轉入加護病房。她戴著氧氣罩，打著點滴，醫生說她的心臟會在三天內停止跳動。我跟妹妹一左一右的坐在母親床邊，除了流淚也只能流淚。到了夜裡，我倆就趴在母親床邊睡覺。

　　次日下午，來了一位年輕的社會工作者，因為母親是突發意外，所以要對我們做心理輔導。她起先用她受訓得來的知識開導我們，我們哪裡聽得進去，一位健健康康還去學英文的母親，忽然就要與我們人天永隔，叫我們如何能接受。她講她的道理，我們哭我們的，完全輔導無效。忽見她拉過一張椅子，坐下來跟我們一起哭，還越哭越傷心。我跟妹妹一驚，似乎清醒了一點，反過來安慰她。驚動得護士趕來詢問，女孩說她覺得我們太可憐了，不知要如何幫我們。護士費了九牛二虎之力把她勸出病房，再來關照我們，忙得她手忙腳亂。

　　我心情稍微平復後，拿出帶來的金剛經念，希望我跟母親都能增加福慧，來世若再能當母女，絕對不要惹她生氣。妹妹天生嘴巴甜，向來得母親歡心。相反的我跟弟弟都是笨口拙舌，老惹她生氣。一家人的因緣不同，爸爸跟我與弟弟是一國，媽媽與妹妹是一國。妹妹老是幫著媽媽罵爸爸，父親走後，母親記得的都是父親的好處，讓妹妹十分驚訝。念著金剛經，回顧一生的顛倒執著，不由噓唏！

　　第三天的中午，母親呼吸漸弱，護士告訴我們她要走了。我與妹妹握著母親的手，淚眼中活生生地看著母親離去。護士拆了所有的維生器，要我們保持安靜，讓往生者靜靜地走。這時弟弟及弟媳匆匆趕來，弟弟在母

親床頭狂哭一陣，就像一陣風似的走了。弟媳拉著我跟妹妹的手說，爸媽都走了，還好有妳們，以後我們好好互相扶持。說完便追著弟弟跑了。

我跟妹妹一直陪伴著母親，直到護士將母親推入太平間。護士安慰我們，能陪伴母親最後幾天，已是很幸運的，要我們想開點。

之三　人間處處有溫情

後來我陸續聽到朋友間的例子，知道美國醫院與台灣不同。台灣為了賺保費，想盡辦法讓病人拖。美國的政府保險，付的比一般的保險低。醫院怕拿不到錢，反而是能不拖就不拖。是以病人情況稍好就轉入普通病房，這樣既不插管也不戴氧氣罩，只要病人一個呼吸不過來，他們就一了百了。做子女的因為捨不得，誰不希望能拖一天算一天。然而子女都有家庭，有工作，拖下去對大家都不好。朋友們聽到我家的情形，都說我們福氣好。可是在當時，卻是無論如何都想不開。

每想起在醫院打地鋪的那十多天，便浮現伊利莎白對我鼓勵的微笑，還有波拉親切的面容。她們都是那麼的善良，人在絕望時，互相扶持原來不分族裔。

陪伴母親的三天，值班護士對我姐妹耐心勸慰，並教我們跟母親說話，她說病人都聽得到。於是我們姐妹在母親床前念經懺悔，感謝她的養育之恩。母親向來個性強，平日常說她走時不要救，最不喜歡纏綿病塌。父親走後又一直鬧著活不下去，沒想到半年後就追隨父親去了，而且真如她所說要走得快。我們姐弟沒機會做久病床前的不孝子，或許要拜美國醫院制度之賜。

那半年間，兩次辦喪事。老闆的體諒，同事間在我工作上的幫忙，助

我度過難關，在在令人感動。他們送花圈、募奠儀，讓我深深覺得世間處
處有溫情。我永遠記得那些體貼的同事們，有幸與他們共事，感謝他們給
了我那麼多的溫暖。

出國前的全家福

美國也需要祝福

　　美國真的變了，它失去了原本的氣度與醇厚。最明顯的變化在飛機場，當年初來美國時，海關人員的耐心與友善、機場服務人員的微笑，在撫平了乍別親人一路上揪得千愁萬結的心。如今進了機場，人人被疑作恐怖份子，一關又一關的安全檢查，脫外套、脫皮鞋、搜身。那九一一的陰影，從此揮之不去。

　　當我們全家搭機到西雅圖去坐阿拉斯加遊輪時，才知機場要另收行李費。女兒三天前才搭西南航空從洛杉磯返家，掛行李時並未額外繳費，機場服務員冷冷地說「西南航空是國内唯一不加收行李費的航空公司」。讓人不能理解的是，不同的機場收費還不一樣，從聖荷西去時每件行李收費十五元，從西雅圖回來時每件要二十元。一家四口四件行李，恨只恨當初為什麼要帶這麼多東西。不經一事不長一智，原來國内線只算件數，不計重量，早知道我們四人可以塞兩個大箱子。

　　許多乘客為了省錢，大包小包的扛了一堆上飛機，結果頭頂上的行李箱多處塞爆，空服員急得滿頭大汗幫乘客硬擠硬塞，總算勉強關上了所有的箱櫃之門。其實我們的行李兩大兩小，兩只小的合乎拎上飛機的標準，但外子是個重形象的人，尤其不願讓人覺得我們黃皮膚的人小家子氣。以前我們做學生時，同學間就有默契，做了好事一定要拍胸脯說自己是中國人，若不小心闖了禍，就說是日本人。今日看那些為了省行李費用而弄得

焦頭爛額的人竟都是白人，我們不由相視一笑。

記得去年坐國航班機去北京，坐我旁邊的三位訪問學者，抱怨道她們從紐約坐了五六小時的飛機到舊金山，機上竟然不供應午餐。在舊金山匆忙轉機又沒時間吃東西，三人已餓得發昏。我問她們去紐約時怎麼過的，原來她們從洛杉磯先到鳳凰城再到達拉斯，一站一站的訪問，最後到紐約。去時一程頂多坐兩小時飛機，所以不知道這個問題。他們不明白花那麼多的錢買機票，為何幾塊錢的餐點都不供應。

數年前我去明州雙子城出差，才知國內線的飛機上已不供應午餐。原來，以往許多人都抱怨飛機上的食物難吃，許多旅客不知珍惜，吃了兩口就扔掉。因此航空公司為了節省開銷集體取消供應餐點，改成用買的。否則自備乾糧，則更經濟實惠。一般人對付錢買來的東西比較懂得珍惜，另一方面也可把省下的費用回饋到機票上，航空公司與乘客都受惠。如今連在行李方面也做了調整，若不想額外花錢，出門只好儘量少帶，這說來不但是好事也更公平。

美國一向以浪費出名，他們的理論是以花錢來刺激經濟。是以老美多半不知儲蓄。反之離鄉背景的老中錙銖必較，省吃儉用。經濟不景氣之下，平日量入為出，懂得存錢的老中要比揮霍慣的老美容易撐得過難關。如今從飛機場的種種措施上反應出美國事事都在緊縮。為了環保，購物自帶環保袋；提倡低碳保護樹林，節省用紙用水，美國人民已漸漸懂得節儉了。

當初來美念書，本以為學成就歸國服務。誰知因緣際會，而留在美國成家工作，一切也只好認命。

次貸危機造成美國的高失業率，數年的不景氣，產生了滿街的法拍屋。希望這些教訓能讓老美覺醒，改掉月月花光，負債累累的習慣，畢竟我們在美國生活，當然需要衷心的祝福美國，景氣早日恢復。

馬拉松事件的感慨

　　2013年四月十五日打開電視，螢幕上正播報波士頓馬拉松的爆炸事件。一聽到波士頓的馬拉松出事，我胸前彷彿被重重敲了一擊。後來知道只有三人送命，稍覺寬慰。但得知三人之中有一位是中國女留學生，一位是八歲的兒童，不禁又為之扼腕。

　　波士頓對我來說雖然遙遠，卻又熟悉。先生的舅舅一家早期移民波士頓，三位表姐一位表哥原都住在那，後來二表姐一家移居矽谷。先生初來求學時，唯一打的國內長途電話就是打往波城。在俄亥俄州念書時，我們曾去波城度假，但對這城市最深的印象，卻是一年一度的馬拉松盛事。我工作的最後一家公司的總部即設在波士頓，我雖在矽谷分公司做事，但每天都得跟我的直屬老闆──公司的財務長報告，也與總公司的許多同事有互動。每到四月初，總公司的同事都特別興奮。公司有人計劃去跑馬拉松，幾乎人人都要去看馬拉松，去助陣，去加油。比賽當天，總公司的同事大多請假。老闆一早便會打電話來說：「我要去看馬拉松了，有什麼事明天再找我囉！」

　　每次聽老闆那樣說，我也會感染到他們的興奮氣氛。這樣一個全城歡樂的日子，怎麼會變成愁雲慘霧。後來遇上金融海嘯，公司關閉矽谷分部時，老闆非常關心我，不但熱心的幫我寫推薦信並說公司若能拿到新的資金，一定請我回去。與他共事的三年中，老闆待我非常好，除了鼓勵與誇

讚，記憶中從未有過不愉快的事。

公司的硬體部門在明州雙子城，記得第一次去出差時，我買的廉價機票從聖荷西飛到鳳凰城轉機，到達雙子城時已很晚了。次日老闆得知，立刻問我回程是否是直飛，若非直飛立刻加錢換票。並囑咐我出差辛苦，以後千萬不要替公司省機票錢。老闆對員工的體恤，當時很令我感動。初離職時還偶有聯絡，漸漸的便失了聯繫，但願在這次事件中，他安然無恙。

這一個星期來悲傷的事件特別多，相繼發生德州韋科（Waco）化肥廠爆炸及雅安大地震。我在德州念書時，到奧斯汀去玩，曾路過Waco，那樣安詳的小鎮，一聲巨響，幾乎毀了全城。去年十月到成都旅遊，因去稻城亞丁，也走過雅安，茶山的美麗景色猶在目前，沒想到汶川地震舊創初復，又發生另一天災。看到這些天災人禍，心情如何會好。人真是太渺小了，天災固然不可預期，人禍為何也無法避免呢？

我的好友王教授夫婦，因去波士頓探望女兒，竟與驚爆事件擦身而過。王教授歸來後感慨的說：「為人在世，至少要守住一個原則，無論自己多不痛快，行事也要以不傷害別人為原則」。我很贊同他的說法，做人起碼要有點慈悲心腸。自己遇到不如意事，就算要怨天尤人，也不要去找不相干的人報復。

雖然炸彈客很快便落網，但他們的父母不但沒有對兒子的行為感到抱歉，反而責怪美國不公平，蓄意陷害。他們可曾想過，這樣做傷及多少無辜，想想那位女留學生，千辛萬苦來留學，不也是與他們一樣在異地奮鬥嗎？美國移民這麼多，受苦打拼的大有人在，為了洩一己之恨，而傷及無辜，於心何忍呢？如果做父母的不偏激，好好的教育兒女啟發他們的善心，增強他們的同理心。相信兒女長大，自能替他人著想，不做危害社會的事。

遇上百年大旱

　　旱災似乎不應該發生在現代，多少偉大的水利工程，多少截流蓄水的水庫，應該早已解決了乾旱問題。然而加州連續三年雨水不足，許多水庫見底，河流乾涸，旱災居然悄悄地來了。

　　搬到舊金山灣區將近三十年，喜歡這裡的天氣，更喜歡這裡的春天。加州下雨的日子不多，夏秋兩季，天天萬里無雲晴空長碧，六七個月滴水不落，環繞矽谷四周的小山崗，全變得枯黃一片。但我從不擔心，因為每年到了十月中就開始斷斷續續的下雨，十二月與一月的雨就下得更頻繁了。立春還未到，市區郊野已是處處青翠，綠草如茵。尤其是北谷一帶，許多碧綠的山坡地上開著大片的黃色野花，很像江南的油菜花田。春天，駕車在連接矽谷與舊金山的280號高速公路上，兩旁起伏的丘陵地如一片綠色絨毯延展到天際，讓人看了油然升起一股幸福美好之感。在矽谷，年年春草綠似乎是必然的現象。

　　這幾年加州的雨水一年比一年少，去年一年的降雨量更是百年來最低的一年。往年到了秋末冬初，院子就不需要再澆水，充沛的雨水代替了人為裝置的澆水系統。到了次年初，埋在土裡的球根類植物，鬱金香、風信子、鳶尾、水仙花、小蒼蘭，在不知不覺中陸續冒出，長出葉子開出花朵，一切都是自動自發。這幾年，這些花先是開得少了，去年整片蒼蘭都不見蹤影。鳶尾只發綠葉，一個花苞也無。我意識到因為冬日雨水不足，

冬眠的球根得不到水分，不再發芽了。今年正打算到了冬天前後院仍應正常澆水，郡縣政府卻發下了限水令，超過用水量要罰款。加州遇上了百年大旱。二月都快過完了，280號公路兩旁卻沒有綠起來，四野仍覆蓋在黃褐色的枯草之下，蕭索之象，看得人心中茫然。

加州是美國最大的農牧業生產區，產量佔全美的百分之十七，遙遙領先排名第二的德州十一個百分點。往年加州雨季雖短，卻不虞缺水，因為東邊連綿的塞拉山脈裡多的是四千公尺以上的高峰，每年冬天，山中狂風暴雪，豐厚的積雪，遇晴則化做溪水注入山下的水庫，是加州賴以灌溉的源頭。很難讓人相信，整個冬季過去了，塞拉山的積雪不足正常量的四分之一。

我不由憶起去年夏天，與朋友去中加州遊玩，夜宿於出租的拖車屋。晚上在屋前乘涼，觀星座品葡萄酒，遇到隔壁兩位男士也在屋前乘涼。我們禮貌的邀他們一起品酒，他們欣然接受並很快的打開了話匣子。原來他們的關係是姐夫與大舅子，兩人已在此地住了三個多月，受聘於他們的父親（岳父）來此挖井。他們說加州中谷一帶過度開發，農場太多，而畜牧業也超過實際的載畜量，正常的水源不夠用，所以要抽取地下水。又由於地下水的過度抽取，打井很困難，往往要鑿上數百尺深才會出水。我們當時聽了，頗覺膽戰心驚，也嘆息商人不該唯利是圖，過度的利用資源而不知節制。

仔細想來，加州的牧場的確是越來越多。如果從矽谷取道貫穿中谷的五號公路，開車去洛杉磯。大約開上一百五十英里，會遇到一座牛肉工廠。顯而易見的，那裡待宰的牛群一年比一年多，如今已增加到黑壓壓的無邊無際的一大片，可能超出十萬頭。由於牛糞無法處理，臭氣沖天，即使車窗緊閉，仍然臭得令人頭暈欲嘔。每次路過那裡，免不了對牛群心生

同情，一家人不由異口同聲說以後不要再吃牛肉了。再往南行，原是一片荒野，但這幾年，陸續建起牛棚，開闢成牧場。為了養牛，又要廣植基改玉米及大豆。據說每頭牛要吃下十到十四磅的穀物飼料才能長出一磅的肉，這樣的數據實在令人心驚。假如人們能改變飲食習慣，少吃一點肉，豈不就能減少許多農牧，退耕還歸於自然，也不必再多鑿井了。當時絕沒料到，這個冬天該來的雨季沒有來，乾旱正在等著我們。

無獨有偶，去年十二月上旬，到矽谷南邊H城的大王農場去遊玩。主人告知由於配水不足，部分農地無法利用，許多作物不能下種，並說由於缺水，城中一半的農場關閉了。回程時，我特別注意沿途的農場，果然多半都荒蕪了。當時我還想，雨季應該很快就來了，暫時的乾旱不是問題。很不幸，去年除了在十二月五日下了一場小雨以外，直到年底都沒再下雨。想起半年前遇到的鑿井人，還能掘得出水來嗎？是否也早已停工了？

往年聖誕節，我們常與親朋好友結伴去太浩湖滑雪。今年盤旋在加州上空的高氣壓停滯不去，山區不降雪，滑雪場只好噴水造雪，弄得滑雪客興趣索然，我們被迫取消度假。同一時期，美東地區暴雪成災，積雪逾尺。不常下雪的美國南部反常地下起大雪，造成交通癱瘓，學校停課。天公真是不作美，雨雪不肯作適當的分配。

近日與朋友聚會時，節約用水的話題成了討論事項之一。可是被長期寵壞的大眾，誰不喜歡綠色草坪，誰不喜歡滿園叢叢花木。我不由浮現出社區裡草坪枯黃的景象！突然理解乾旱並不是開玩笑的事情，居家要用水，農牧業更少不得水。農場關閉，牧場歇業，牛肉乳類蔬菜水果都會漲價。或許因此能減少美國人浪費食物的習慣！另外比較迷信的辦法，就是大家一起來祈雨！想起中國大陸上南水北調的計劃，如果能將美國的東雪西移，準確的移到塞拉山區，那該多好，但是以今日的科技是絕對無法辦

到的！

　　或許祈雨生效，前幾天加州果然下了三天狂風暴雨。這場雨對旱情的幫助不大，卻帶來了其他的災害。南加州一帶，由於整個冬天沒下雨，野草大多枯死，山坡地極其乾燥，泥土乾鬆，不能吸住水分造成多處土石流。北加州風強雨驟，吹壞了多處電線，造成許多區域停電。官方沒有解除旱災警訊，依然執行限水計劃。

　　原來風調雨順是這麼重要！往年的冬天陸陸續續下三個月的雨，到了春天土地裡蘊含了足量的水分，滋養出大地上一季的翠綠，夏天野草開花結籽，到了秋天草枯籽熟，再經過一冬的雨水澆灌，次年春風很容易地就吹綠了大地，草木繼續守護著水土。今年雨季延遲了三個月，四季不更替，草木不知春，水土保持困難。

　　其實加州從三年前就開始一年比一年乾旱。老天爺似乎先給大家一點警訊，發現大家渾然不覺，才開始下重手。乾旱已經來了，我只能從惜物愛物做起，用洗米水澆花，洗菜水澆果樹，自己做堆肥。以前買了菜懶得燒，爛在冰箱中是常事，飯菜做多了更不知倒掉了多少，這些惡習都要徹底改掉。減少一分浪費，減低一分消耗，自能少用一分大地資源。盡一己棉薄之力，用一顆虔誠的心，祈求今年的雨季回歸正常。

義工母女情

　　我是在很偶然的機會裡，認識了幾位非常熱心的朋友，開始在此地的華僑界當起義工來。

　　沒做過義工之前，我也曾參加過華人社區的活動。譬如每年暑假，舊金山灣區會舉辦華人運動大會（簡稱華運），大女兒曾經參加過跳遠比賽。兩個女兒從小學民族舞蹈，每年雙十國慶，僑界舉辦升旗典禮，舞蹈社都受邀去跳舞。教師節，僑界與北加州中文學校聯合會合辦祭孔大典，女兒也參加過八佾舞的表演。每次參加表演，孩子們都很開心，事後主辦單位會送每位參加演出的孩子紀念品並發一盒點心。從來沒想過活動是怎樣辦成的，點心禮物的經費哪裡來的。直到孩子大了，我慢慢清閒了，被朋友抓去當義工，才知每樣活動的背後，都有委員會。委員們全是義工，活動的經費是委員們自己掏腰包或籌募而來，所有的企劃執行都是委員們不知開了多少會，幾經討論及組織安排而來的。天哪！我以前還當這些事都是自然發生，點心禮物是天上掉下來的呢！

　　2016年，鄰居亦是好友的蕅君選上了華運會的主任委員，找我幫忙。她找我負責華運民俗村，還要舉辦民俗體育比賽，安了個「華運民俗處長」的頭銜給我，這回做義工責任重大，可不能像以往那樣跑跑龍套。僑委會在海外推廣中華文化，向來不遺餘力，多年前就希望華運能舉辦民俗體育比賽。但華運會傳統的田徑賽已動用大批的義工人員，多年來一直沒

有人手兼顧民俗體育比賽。蒨君接任主委後，為了吸引更多的下一代華裔子弟參加，毅然決定加辦民俗體育比賽。並選定了：扯鈴、打陀螺、踢毽子三個項目，每個項目又分小學組、中學組與高中組三組。孩子們可以參加單項比賽，亦可三項都參加，每組還會選出一個三冠王。

透過此地華僑文教中心的安排，華運會與中文學校聯合會合作。北加州有一百多所中文學校，當然以中文學校的學生為參加比賽的主要對象。另外此地僑界有一文化體育組織（簡稱文會）也決定支援。文教中心安排了第一次的籌備會議，華運、中校與文會三個團體分工合作，大家都有推廣中華民俗體育的決心，相談甚歡。我們初步決定了招收比賽的人數，僑委會將依照我們所需，將扯鈴、陀螺、毽子海運過來。那時離比賽還有半年多，我們定期開會，討論進度，工作一切順暢。

辦比賽的目地，是為了推廣民俗體育。如果能讓華裔子弟喜愛中華民俗體育，他們就可能去影響身邊的朋友，一傳十，十傳百，推廣的目的自然就能達成。比賽當天的早上，我們先舉辦免費訓練班，讓參加比賽的孩子們先練習，下午比賽才正式開始。

各所中文學校裡臥虎藏龍，很快的，三個項目都找到了高手來訓練孩子。這些教練都是中文學校的義工家長。他們早上辦訓練班，下午比賽時則擔任裁判。

報名結束後，總共招收了一百多個學生。每個項目都有三組比賽，比賽時須要很多人手，中校聯合會的會長請來一團童子軍負責報到及維持秩序，並請來三位前會長分別主持比賽。

為了要將民俗村辦得有聲有色，華運會分了八頂帳篷八個攤位給我。一個帳篷做報到之用，兩個帳篷展示民俗體育器具，並供教練休息之用。另兩個帳篷做民俗手工、串珠剪紙等。文會答應支持三個帳篷的活動，他

們計劃做民俗展覽，布袋戲示範，並要搬一台刨冰機來，提供兩百碗刨冰招待教練、義工與比賽的學員等。

　　開最後一次籌備會時，三個單位一切溝通停當，就等比賽正式登場。華運將民俗村的場地劃分好後，我通知中文學校與文會。中文學校一切都有妥善的安排，自然沒有問題，可是文會的正副會長忽然人間蒸發，前後打了十多通電話都聯絡不到人，到比賽前三天才接到消息，他們無法支援。刨冰沒得吃了，空出三個帳篷，這可如何是好？我忽然想起中校聯合會裡有位很有名的捏麵人老師，十萬火急透過會長找到那位老師，她答應撐下一個帳篷，還剩兩個帳篷怎麼辦？思源中文學校的前校長婉君建議幫小孩彩繪畫臉，她手上有許多圖案，彩繪筆可即刻去買，她並將請她的兩個女兒前來支援。比賽是星期日，我靈機一動，立刻把在舊金山工作的兩個女兒招回來幫忙。另外，兩位女兒自小就讀的日新中校前後兩位校長──文一與淑君也答應把女兒叫來支援，有六位姑娘支援足可塞滿兩座帳篷。沒有刨冰吃，華運主委也很有本事，找來仙草蜜廠商，支持兩百罐仙草蜜招待參賽人員。我自己煮了冰鎮紅豆湯，扛來了一個裝滿冰塊的冰櫃，準備請所有的工作人員吃紅豆冰。

　　於是我立刻請《世界日報》發消息，比賽當天果然來了許多小朋友逛民俗村。早上的訓練班辦得有聲有色，許多孩子玩扯鈴、打陀螺很快便入了迷。六位大姐姐自己先在臉上畫了彩繪，除了輪流給孩子們畫臉，亦輪流幫助串珠及捏麵人攤位，人手充足，各攤位皆能從容應付。等待畫臉的孩子大排長龍，不但孩子們喜歡，許多家長亦樂於在臉上被畫上幾筆。民俗村裡一片歡樂，熱鬧非凡。有六位姑娘坐鎮，我就可專心去忙民俗體育比賽了。

　　比賽進行順利，圓滿結束。所有的義工開開心心吃完紅豆冰，便一

起幫忙收拾清理。女兒們不離不棄，幫著我收拾妥當，忙到最後一刻。回到家中，我感覺渾身力氣皆已用盡，重重地摔入沙發，有氣無力的對兩個女兒說：「今天妳們也累壞了，媽媽以後絕對不會再做這種事了。」意外地大女兒跑過來抱著我說：「媽媽小朋友們好可愛喲，明年妳還可以繼續做，別怕累，有我們幫忙。」小女兒亦立刻挨上前來，「耶！有我們幫妳，媽媽不怕，明年再做！」

後記：雖然活動成功，甚獲好評。但我真累怕了，再也不敢接活動。回想
　　　這段插曲，慶幸自己曾為發揚中華民俗體育盡過一點棉薄之力。

左圖　眾姐妹籌辦華運會
右圖　灣區的義工群

第二部　閒情記趣

分享一份美

　　對面鄰居的前院，種有一大片玫瑰花，每回散步走過，我都冤不了要駐足觀賞。有一回，園子的主人看到我，拿了把剪刀出來，要我剪幾枝回家。當我捧著花向他揮手道別時，他臉上掛著亢奮的笑意，那表情我忽然覺得好熟悉。母親在世時也擅於栽植玫瑰花，她在洛杉磯的住所，整整地被玫瑰花圍了一圈，什麼品種都有，她也喜歡剪花贈人。當左鄰右舍捧著花離去時，母親也掛著那樣的笑意，那是把美麗分享給人的滿足。

　　平日在社區裡散步，看到路旁的院子裡開出的似錦繁花，會讓我突然充滿喜樂。感激鄰居們費心整理院子，種植各色奇花異草，讓每位路人都能分享這一份美。我的前院有一大片太陽花，每年夏天開得粉豔豔，密密麻麻的一片。每回朋友來訪，都會指著那一片粉豔說好漂亮，我那原本因好友來訪已經雀躍的心情就會變得更加開心。

　　去年暑假後院果樹大豐收，我邀幾位朋友來採水果。那時我剛去了一趟湘桂黔旅遊，朋友們索看照片。我沏了一壺茶，打開電腦，我們就著新鮮水果，觀賞我的旅遊照片，我自己充當旁白解說。當她們看到天子山的奇峰怪嶺，鳳凰城的綺麗，黃果樹瀑布的千匹銀練，還有那比詩畫還美的桂林山水，朋友們讚嘆不已，同時她們也分享了我旅遊的快樂。同樣的，朋友們旅遊回來，也常將他們美好的經歷分享給我，我常收到好友透過伊媚兒送來的旅遊照片，讓我也欣賞到了各地的風情，神遊了美麗的名山大川。

以往我回台灣探親，走訪昔日好友時，除了喝茶敘舊，最常做的事，就是兩人挨在一起看照片。從朋友的婚紗照、孩子的成長、家庭生活、休閒旅遊……看著看著，我不僅分享到她生活中所有美好的一面，似乎也把我們分別多年的日子都拾綴回來。

小時候，家中來了客人，父親與他們喝茶聊天之餘，多半會把他收藏的幾幅字畫拿出來，展開卷軸與朋友一起觀看。我那時好奇也跟著一起看，隨著長輩們的評論鑑賞，居然使我對水墨畫發生了濃厚的興趣，因此培養出日後學畫的激動力。我喜歡看畫展，喜歡那種視覺享受的美感。不只因為圖畫是大自然間最美的見證，還因為畫家可以造境，他可以移走風景區的電線杆，讓山水畫更回歸自然，讓景色更旖旎。他也可以將不同的花種在一起，引來各種禽鳥，讓花鳥畫更活色生香。真所謂「靜觀萬物，妙造自然」，將人世間的各種美，透過畫筆，與世人分享。

人世無常，原本苦多樂少。透過種種美的分享，讓人活在美好中，無形中成就了日日是好日的理想生活。

下午茶香

從小隨著父親喝茶，養成了一天不能不喝茶的習慣。看書看報時，手上不能不端杯茶，寫文章敲鍵盤時，旁邊更不能少杯茶。朋友來訪，沙發上剛坐定我就會遞給他一杯茶。喝茶之於我來說，是休閒也是享受，更能藉以放鬆自己。

前些時適逢長週末，多半的朋友都於週五休假，相互邀約聚會，我提議到我家喝下午茶。老友黃楷棋是茶博士，也是有照茶師，欣然前來為我們表演茶藝。午後兩點老友們依約而來，大家帶來了各色水果點心讓我原已擺了蜜餞、果脯的桌子頓然豐富異常，五花八門的擠滿了各色茗點。

我拿出從台灣帶回的金萱、桂花茶王，及舍弟送我的高山茶、二表姐送的烏龍茶、大哥送的勝峰毛尖、堂妹買給我的洞庭銀針，一字排開請楷棋一一表演，他居然說喝這麼多種茶，當心要醉的。誰會相信茶能醉人，一句話說得眾人大笑不已。楷棋的道具非常多，他泡茶講究氣氛，旁邊擺上一套觀賞迷你茶壺，有玉製的、壽山石雕的，精雅秀緻賞心悅目。他插上電壺燒水，擺出茶壺茶盤茶盅茶荷茶則，取出聞香杯，沏一壺金萱，先斟入聞香杯中讓大家聞香，再倒入茶杯中讓我們品嚐。高手泡茶，自不可同日而語，或許因水溫時間控制得宜，淡金色的茶湯，聞之甘香、品之醇郁。大夥齊聲讚道：好茶。

接著大夥就嫌杯小不過癮，急催楷棋速泡，弄得他手忙腳亂，再看我

們不懂慢飲細品只求牛飲的態度，不禁啼笑皆非！預先對我們講的茶道茶禮，大家全當作耳邊風，此時風吹無痕只急著要茶喝。楷棋忙歸忙，但看我們喝得這般興奮也免不了得意非凡。

　　我們這一群人都結識於中文學校，十幾年前大家牽著五六歲的孩子於週六早晨去上中文課，家長們則在辦公室做義工。大家輪流做校長、教務、總務，辦學術比賽，彼此培養出很深厚的情誼。由於我與楷棋的太太曾經是同事，大女兒與他女兒自幼又是同窗好友，兩家自是熟稔。父母在世時，我也曾於家中宴請長輩時，特請楷棋前來表演茶藝，不大愛喝茶的母親，看到那些琳瑯滿目的茶具，細緻的小小茶杯，聞香細品也樂得笑逐顏開。那日的家宴因為特殊的茶藝表演，賓主格外盡歡，長輩們開心得不得了。

　　今日在座的某些朋友只聽過楷棋善於茶藝，而喝他泡的茶卻還是頭一遭，尤其聽他一面講解茶葉的知識及喝茶的益處，才知飲茶一道大有學問，花樣也多。這兩年因為經濟不景氣，我們之間被迫提早退休的有之，強迫休假的也有，大家的心情都好不到哪兒去。然而在下午茶香中，一夥人七嘴八舌地搶著說話，回味起中文學校的種種往事，一同忙亂於校務中的歲月。當年的酸甜苦辣都成了今日的趣談，化作了滿室笑聲，不覺日頭已經西斜，大夥卻意猶未盡。這時矽谷的不景氣、華爾街的金融風暴早已被我們拋到了腦後。大家關心的是，什麼時候再一起喝下午茶？

做一回草包，真好！

　　好友陳君家，最近擴建屋宇並修葺後院，於除夕夜邀請親朋好友去他家吃飯。一方面慶祝新居落成，另方面共迎新年。他在後院一角種了幾棵修竹，建造了一座涼亭，命名「竹苞亭」。我一聽，依稀想起《詩經·小雅》，好像有句「竹苞松茂」什麼的，於是豎起大姆指，說取得好取得雅致。陳君聽後哈哈大笑，要我們把竹苞二字拆開來細看。原來竹字拆開，是兩個草書的個；苞字拆開來是草包。他請大家來遊園觀亭是要作弄大家，來陳府做客者，乃個個草包也。

　　陳君逐講起，乾隆年間，紀曉嵐作弄和坤的故事。和坤喜歡炫富，修園造亭，並請紀曉嵐命名，紀曉嵐為之取名「竹苞亭」。後來，乾隆皇帝來遊園，看到「竹苞亭」，覺得大有文章，一問得知是紀曉嵐的手筆，立刻哈哈大笑。乾隆說竹苞拆開來是個個草包，和坤才知自己被紀曉嵐作弄了。

　　我聽後說，這是一語雙關了。因為詩經裡「竹苞松茂」的原意是指家門興盛，本來就是用來祝賀人家新屋落成的。如今把竹苞解成個個草包，是要我們一進陳府，就忘掉科技，忘卻塵勞，收起愛瘋（iPhone）愛陪（iPad），盡情吃喝做個快樂草包。陳君聽後說此解亦可，不過他的原意是，矽谷是高科技城鎮，住在這裡的精英分子多的是，成天絞盡腦汁搞設計，發展新產品；草包反而是稀有人物，做一回草包，放慢腳步享受生

做一回草包

活，這才叫大智若愚。客人聽罷，個個鼓掌叫好。我說這招更高，是一語三關了。

　　陳君的「竹苞亭」，的確有三層意義。他在亭旁種了竹子，乍看之下確是取詩經之義「如竹苞矣，如松茂矣」，暗祝自家枝繁葉茂，家庭興盛幸福。第二層意思是與家中訪客逗趣，作弄大家進了竹苞亭就成草包。第三層意思是要大家學習放下，活在當下，寧願做回草包。

　　陳君夫婦好客，陳妻凱西非常賢德。她廚藝精湛，手腳麻利，一人能做十幾道菜，宴請三十餘人。通常他們家請客，都叮嚀客人空手來，她的哲學是她一人辛苦換得幾十個人的開心有什麼不好。

　　天色已黑，大夥離開竹苞亭，進到餐廳用飯。只見餐桌上排了二十多道食物，紅燒獅子頭、油爆蝦、糖醋小排骨、魚麵筋，馬蘭頭拌豆干、四喜烤麩等。我因為手腳慢不靈光，每回有活動，多半在一旁插不上手。能幹的人，如好友麗莎與美惠等幫忙做了烤鮭魚、涼麵、油飯、巧克力蛋糕、起司蛋糕等。不能幹的人，只需要負責吃。

　　滿桌美食，大人小孩都看得眉開眼笑。我端起一盤美食，心中感恩，慶幸自己有這麼一群好友，共度除夕，一起跨年，做個草包才是人間真幸福呢！

女兒被星探相中

　　我自小怕上台，小學時每輪到我上台，先嚇得發抖，後勉強含淚上去，不管我事先準備得多好，到了台上永遠都講得聲細如蚊結結巴巴。像我這樣的人，從來不做明星夢。哪想到十多年前牽著十歲的小女兒逛Mall購物，遇一年輕美女自稱星探，大讚吾家女兒美麗出眾，可愛逗人，可以培養成迪士尼童星，將來前途必超過劉玉玲。而且她煞有介事的拿出名片，遞上公司簡介，並領我們到他們的專設櫃台去看試鏡影片，要求我們留下聯絡電話。看她說得誠懇，女兒又在一旁顧盼得意，逐敷衍留下電話。

　　回到家，家事雜事忙亂，次日一早還得上班，早把這事丟到腦後。

　　過了數日，真接到自稱是演藝公司經紀人打來的電話，邀請我帶女兒去試鏡。到底是真的還是假的！迪士尼在洛杉磯，矽谷都是電腦公司何來演藝公司？我推說考慮幾天再跟他們聯絡。外子在一旁聽到，問起緣由，得知我們在Mall裡巧遇星探之事，竟樂得手舞足蹈。他自幼是影迷一名，我亦是認識他後才對看電影有些許深度。他得知女兒被星探相中，馬上做起了星爸夢。但我認為女兒這麼小，我們工作又忙，還得供大女兒的大學學費，小傢伙即使被選上，誰能陪她到洛杉磯去拍戲。聽我這樣一說，外子無奈收起夢想，卻百般不捨。

　　我在中小學時代只喜歡黃梅調跟浪漫喜劇，暴力恐怖片一概不看。西洋片或許因國情不同，實在不大能理解，所以很少看外國電影。遇上外

子，成天拉著我上電影院，聽他分析點評，似乎有了些許長進，但我遇上暴力血腥鏡頭馬上把眼睛閉上，常常一部電影看得支離破碎，不知所云。再加上外國明星的姓名不好記，除了老明星外，新明星沒一個叫得出名字。

　　有了孩子以後，沒空閒上戲院。二十多年前老二尚未出世，外子每到週末都會抱著大女兒出去租部電影回來看。有一回在公司的午餐時間，同事們互詢近日是否有好看的錄影帶。我說週末老公租了一部片子回來非常好看，緊張曲折，刺激但並不暴力。同事問電影片名，我不知道，只知是《法櫃奇兵》那位男主角演的。錄影帶還未還，我答應當晚回家看看片名。次日一早，我忙召告眾位同事，那部電影叫「Harrison Ford」，話一出口，立刻引起哄堂大笑，我的助理薇妮笑得差點從椅子上摔下來。有這麼好笑嗎？難道大家早已看過這部片子了？薇妮一面笑一面喘著氣說，Harrison Ford就是《法櫃奇兵》的男主角啊！我說影帶套子上就這兩個字最大，同事們告訴我那是電影的賣點。鬧了那次笑話後，我看電影才開始用心記片名及影星的名字。像我這樣的電影菜鳥如何能當星媽呢？

　　數日後，星探公司又來電話。我告以我的考量，他們解釋，迪士尼公司拍片絕不耽誤孩子的上課時間，試鏡在週末，拍片利用寒暑假，而且不須去洛杉磯，此地就有攝影棚，無論如何鼓勵我們一試。外子慫恿我答應，於是約了週末去試鏡。

　　那日，我們把小女兒打扮得漂漂亮亮去試鏡。這家公司在矽谷的心臟地帶，有體面的辦公室，模特兒訓練班，大而寬敞的試鏡室。接待人員見到女兒，又誇又讚，一副驚為天使，將來一定紅的感覺。我家老爸看女兒，原就是「眼中出西施」，這回更是信心大增。等待試鏡的小孩有十來個，男孩女孩各種族裔都有。這些孩子長相未必都出色，怎麼也會被相中呢？我不免起了疑心。試鏡前，他們先教女兒擺幾個動作，念一段廣告

詞，一切差強人意後，就送上舞台錄影。試鏡完畢，要我們回家等消息，如若獲選，迪士尼公司會親自派人來複試。

　　大約又過了一兩星期，星探公司說女兒試鏡的錄影帶送到迪士尼公司被選上了，邀我們參加複試。老爸得知樂得走路都生風。這時，在南加州求學的大女兒放暑假回來，聽了我們的敘述很是起疑。大女兒得自老爸遺傳，非常愛看電影。由於學校離好萊塢近，曾經去觀摩過拍戲，也抽籤上過電視台當觀眾，說來比老爸老媽見多識廣。洛杉磯地廣人稠，不在那裡找人，星探怎會跑到科技城鎮來開公司？我們母女在一旁疑心瞎猜，老爸卻信心滿滿的等待複試。

　　到了週末，全家一起陪著小女兒去。到了現場，我發現那日初試的孩子全都到場，這哪需要選拔，明明是通通有獎。接著音樂響起，走出一位五短身材的白人，自稱是來自迪士尼的甄選官。大女兒一看就說，這人氣質不對。老爸嫌我們母女多疑，仍然興高采烈的張羅女兒試鏡。

　　大女兒問一旁的工作人，這位甄選官真是來自迪士尼嗎？工作人員閃爍其詞說，迪士尼本來要派人來，但太忙一時派不出人來，所以委任此人代表。顯而易見的，這家公司頗有問題。

　　複試歸來後，很快的就接到通知，說女兒複選通過，並為她擬就一套培訓計劃，約我們找時間去洽談。連跑了兩個週末，我已疲於奔命，外子眼看星爸夢將圓，決定單槍匹馬帶著女兒去赴會。

　　面談回來，外子告知，孩子正式上鏡頭之前須要受訓，有五週一期兩千元的課，亦可直接上十五週一期的只要五千元。他已用信用卡支付了兩千元，如果我答應，可在一週內改成五千元的課，否則就不能享受折扣。大女兒覺得不對，如真被迪士尼公司相中，一切受訓應該是免費。美國長大的孩子邏輯思維比我們死讀書的工程頭腦強，她上網查詢，發現網上對

這家公司抱怨的信息非常多，罵聲一片，並已有人聯合遞狀上告。原來這家公司的創辦人確實是很有名的影視明星經紀人，但他早已退休並將公司轉讓。新老闆打著舊老闆的名號卻跟好萊塢並沒有特殊關係，他們以星探名義吸引小孩上他們的培訓課後，若要推薦給迪士尼，還得另外花錢找顧問包裝。有家長花了兩萬元上培訓課，至今還在等消息。

　　我得知後馬上打電話去取消課程要求退費，但他們說合約上寫的是不能退費。我告知他們網上風評不佳，有欺騙之嫌，他們卻說他們的作法並沒違法。既然如此，我們只得每星期日下午送女兒去上課。教課的是位黑白混血女子，皮膚雖黑，倒也風姿綽約，非常客氣有禮。一堂課兩小時，一期不過十小時的課程。這樣的培訓對一個十歲的孩子來說，學了什麼回到家馬上就忘了。兩千元花了，女兒的舉手投足、儀態談吐，沒有絲毫改進。

　　課程結束，這家公司竟然力勸我們繼續上，我一笑置之。女兒上課期間，

1　姐妹同台
2　姐妹同台演花木蘭舞劇

我碰到一位家長已經花了一萬多元，還來繼續上。他們認為老師教得很好，若能得她真傳，遲早會得到迪士尼的青睞。這家公司根本是利用父母的明星夢，在法律邊緣上運作。許多父母為了圓夢，不惜血本，也不知上網查詢參考。或許因為告發的家長越來越多，而他們的確有詐騙之嫌，未幾Mall裡的櫃台也撤了。近日逛Mall，竟見他們死灰復燃，用同樣的台詞行騙。我鼓起勇氣上前跟那位美女說，妳難道不知這樣做是欺騙呢？只見她愣在原地發呆，不知是否在思考他們不當的行為。俗語說一個銅板打不響，如果做父母的能看清事實，不亂作追星夢，又如何會受騙呢？

快樂人生，因為有你們

今年報完稅後，忽然發現漏報了一項收入，想起國稅局的高額罰款，這一驚非同小可。打電話給學稅法的好友肅賢。肅賢聽後，不慌不忙的教我下載更正稅表（f1040x）去申報更改。幸好趕在報稅截止前寄出，虛驚一場一切無礙。由於這回的錯誤，檢查修正時又發現幾年前一筆可以抵稅的投資損失忘了報。我再次求助於肅賢，她重新細細研讀稅法，再次上網查詢幫我找到那年的更正稅表，還好我的錯誤未超過七年的時效，仍然可以申請抵稅。補救了所有的錯誤後我如獲重釋，對好友的幫助由衷感激。

人生道路中，免不了發生一些意外，常常都是好朋友順手一扶，而免於煩惱。數年前，一個深秋的晚上，忽然刮風下雨，天氣驟寒。那時大女兒已離家上大學，老公出差在外，只有我帶著不滿十歲的小女兒在家。好友美瑩突然打電話來問我吃過晚飯沒有。我告訴她，下班回來發現廚房的電爐壞了，正想帶小女兒出去買速食。她說要給我送包子來又說她老公頗懂電器，馬上叫他過來看看。她老公檢查了我的電爐後說可能是電源跳掉了，逐拿著手電筒頂著風雨到後院去檢查電源，果然一下就讓他給修好了。他們夫妻離去時再三叮嚀，有什麼事就打個電話來，別讓人替你們母女擔心。看到好友的車子消失在風雨中，心中滿溢著感激之情。

俗語說：在家靠父母，出外靠朋友。離鄉背景，在他鄉討生活，一路走來總有好朋友噓寒問暖，所以日子過得還算如意。前幾年好友素寬，隨

夫到新竹科學園區出差，聽說那裡有家饅頭店名滿天下，她居然去漏夜排隊，帶回一百個饅頭。回來後，挨家挨戶往好友家送。當我接到十個飄洋過海而來的饅頭時，欣喜得說不出話來，竟有這樣的癡人為朋友去排隊買饅頭。那饅頭的確好吃，一口下去，真是人間美味，那是我童年時吃母親的手工饅頭的滋味。

　　前幾年Krispy Donuts剛爆紅的時候，好友大萱偶然吃到就大為驚豔，認為是從未吃過的美味，立刻買下許多盒。當我開門接下一盒時，她便匆匆的走了，因為還要趕到下一家去送Donuts。

　　回想在俄州大念書時，由於轉系，讀來頗為吃力，幸虧同學們都很熱心，往往不吝賜教，終能順利畢業。同學小蔡之妻秀美，擅於烹飪之道，時常做點心犒賞我們，她還研發出燒餅油條，分送同學，以解鄉愁。後來我們都到矽谷工作一起結識了美瑩、肅賢、大萱等新朋友。二十年來逢年過節必定聚餐，各人做上拿手好菜，一起共度感恩節，慶祝中國新年，歡度了千禧年，走過了九一一，捱過了網路泡沫。如今我大女兒也已畢業工作了，肩頭重擔終於輕了一半。縱然金融風暴排山倒海而來，朋友們仍能聚在一起吃吃喝喝，說說笑笑。快樂人生，莫過於此。

快樂人生

媽咪，我愛妳！

　　在電腦前苦思冥想敲鍵盤，一不留神已近午夜。小女兒做完功課準備就寢，經過我書房門口，伸個小腦袋，衝著我笑瞇了眼睛說：「媽咪，我愛妳！」

　　我慣常回道：「我也愛妳！」

　　以老中「萬般皆下品，唯有讀書高」的標準來看，我算不上一個成功的母親。兩個女兒從小成績平平，鋼琴不好好彈，畫不好好畫，游泳嫌辛苦，溜冰嫌難，只愛唱歌跳舞。大女兒從聖地牙哥加大畢業後，工作上乏善可陳，突然靜極思動，申請研究所要重做學生，眼看就要從上班族變成啃老族，我這個做母親不能向錢看齊只能為她打氣。念十二年級的小女兒，剛剛送出所有的大學申請表格，以她的成績我也不指望她能進什麼名校，若能像她姐姐一樣進聖地牙哥加大，我就會高興得放鞭炮了。

　　兩個女兒都很感激我向來尊重她們的意見，凡事站在她們的立場上去想。孩子也知道我對她們只有一個希望，就是做一個快快樂樂的人。

　　近年來虎媽的新聞轟動媒體，引發出中美教育理念之爭。大女兒看了有關虎媽教育女兒的報導，非常不以為意，反過來同情她的兩個女兒。她認為，人生的青春一過永遠不會再回來，無論她的兩個女兒將來在學業事業上多麼成功，失去了多少青少年歡娛的機會，將是她們永遠的遺憾。女兒認為她雖然沒有進名校，但她樂觀進取、身心健康，對虎媽的豐功偉

業，一點也不羨慕。

　　去年我的生日正好碰到星期六，適巧大女兒加了小幅度的薪，請全家吃飯給我過生日。當天孩子們排的節目很豐富，吃完晚餐再去吃優酪，然後請我看場浪漫喜劇片。老公向來不喜肥皂劇似的電影，吃完優酪即閃人。母女三人，來到Mall裡的電影院，購了票，離開演還有四十分鐘，便到旁邊的梅西[3]逛了會兒。電影終場，兩個女兒迫不及待的問我好不好看，我說太好看了！兩人一左一右分別抱著我親，齊說：媽咪，生日快樂。

　　我真的好開心，有女貼心如此，夫復何求。

---

[3]　Macy's Mall，梅西百貨商場。

夏日麗人行

　　好友孫燕家買了一艘快艇，她熱情的邀我們幾位姐妹淘去飆船。我們這幫姐妹，沒一人乘過快艇，一個個興致勃勃的赴約。

　　我是個愛吃愛喝的人，不改小學時遠足的習慣──泡了一大熱水瓶的茶，帶了紙杯，買了一盒貝殼蛋糕、一袋台灣麻糬、一包茶梅，背了個大袋上陣。到了孫燕家，她看到我只顧背食物卻沒帶草帽，進屋拿了頂淡藍色鑲了幾朵花的大草帽給我戴。我說這輩子還沒戴過這麼漂亮的帽子呢！她說是在夏威夷買的。

　　不一會，姐妹們陸續到來，只見芬瑛也提了一大藍的食物。孫燕老公半秋把船在車尾拖好，便帶著我們七位女子上路。來到湖邊，通過檢查，他們夫婦倆很有經驗的倒車卸船於湖上。我們其他六人站在碼頭，觀賞湖光山色，還未上船已是滿心歡愉。

　　湖上風大，孫燕囑咐大家當心別讓帽子飛了。半秋開船到湖心，便開始加快速度，時而飆船，時而緩行，勁風吹得衣袂如鼓浪，頭上戴的帽子雖用雙手護住，但仍感覺它躍躍欲隨風而去，我只好奮力抓牢。緊張刺激中，我們這群女人樂得大呼小叫，開心不已。安德生湖像一支珊瑚嵌在群山中，我們找了一處風景優美的支湖，停在湖心開始我們的下午茶。芬瑛打開藍子，天哪！她想得真周到，藍子裡吃的喝的一應俱全，有星巴克的瓶裝咖啡、桂圓核桃糕、白桃，還有粽子，連紙碗竹筷醬料她都帶了。喜

歡思考的美美發現，來自台灣的芬瑛與我，出門旅行總要準備食物，重視休閒品味。她們來自大陸的就沒想到把吃喝玩樂放一塊。我們喝著熱茶，吃著點心，談笑風生其樂無窮。聖荷西的氣候溫和，縱是陽光燦爛的夏日午後，暖洋洋的卻並不灼熱。天上幾朵白雲映在湖中，正是「行雲盡在行舟下，人在畫中行」。我何嘗想到，有一天，能坐在湖心，與三五好友臨風品茗，聊天賞景呢？

正在得意忘形時，忽然，一陣風吹來，把我的帽子吹落湖面，我忙請半秋開船追帽子。帽子漸漸漂遠，半秋轉來轉去抓不住方向，我伸手去撈，眾姐妹怕我落水，合力將我拉住。眼見帽子開始下沉，我還想去救。芬瑛說：「不過一頂帽子嘛！幹嘛那樣在乎，我有好多頂帽子，到我家來任妳選一頂，行吧！」我說：「那是孫燕從夏威夷買來的帽子。」孫燕忙說：「我下個月還要去夏威夷，再買一頂就是了，妳別放心上。」芬瑛又說：「妳也別再買了，上我家去挑一頂吧！」

眼見帽子已沒入水中，我十分悵惘地說：「這麼清澈的湖水，落了頂帽子在湖底，豈不汙染！」姐妹們力勸我別多想，我不想掃大家興，重又與大家吃喝談笑。但我免不了在心中自責粗心大意，暗怪自己反應慢半拍，好好的一回遊湖之旅，就在我不注意之下弄得美中不足。表面上雖勉強裝作沒事，但心中總有一絲抹不去的遺憾！

遊罷登岸，大家站在碼頭，與安德生湖揮別。美美忽說：「今天大家這麼愉快，要感謝典樂把帽子捨了。」我詫異她為何出此言？美美繼續說：「人生有得一定要有捨才能圓滿，樂極多半生悲。今天典樂捨了帽子，冥冥中化解一切災難，我們才能事事平安順利。」這是什麼歪理，不待我反應過來，眾人都附和說：「對！對！太有道理了，感謝典樂。」

我心中一陣感動，終於釋懷大笑，感謝美美這句溫馨好話，若我再為

丟帽子的事耿耿於懷，豈不顯得小氣。難怪朋友之間沒有不喜歡她的，她向來樂觀豪爽，說話有智慧，往往任何不愉快的事在她的幾句妙語之下，都能將壞事化解為好事。一個團體之中有了她，怎能不愉快融洽呢？美美喜歡看書，每看完一本書，她都有獨到的見解。平常我們一起讀書討論，大家都喜歡聽她發言。我常想，也只有身為女人，才有這樣的感性，與細膩的思維。佛家認為女人的業障比男人重，我卻覺得女人比男人幸福。女人可以約在一起逛街吃飯喝咖啡，說心事發牢騷；卻很少見到男人能三五成群的在一塊談天說地的。女性朋友多半較體貼細心，肯為朋友著想。男人只有在追女朋友時肯體貼細心。許多家庭遇到困難時，男人多半先火冒三丈，冷靜思考解決問題的反而是女人。像我這群姐妹，個個善良好心，每回相聚都歡樂難忘。何止是美美，芬瑛的大方，孫燕的熱情，都是難得的好朋友。能有這樣一群知心好友，是何等的幸運，我環顧眾姐妹，不由發出會心的微笑。

　　趨車回程時，仰望依舊燦爛的陽光，回看粼粼波光漸漸遠去的安德生湖，我對著眾姐妹說：「謝謝大家，人生有妳們這幫好友，又夫復何求呢？」

後院紅狐

　　那是一個夏日週末的午後，全家都閒閒地懶在家裡。兩個女兒跟因工作寄住家中的外甥女，姐妹三人在家庭間[4]看電視。三個人一面看一面聊天，鶯聲燕語不斷傳來，家中頗不寂寞。突然，她們的話聲戛然而止，連電視也消了音，靜悄悄地大不尋常。我好奇走入家庭間，見三位姑娘，各自匍匐在一扇窗邊，個個全神貫注向窗外做偷窺狀。見我進來，三人不約而同把食指豎在唇上要我禁聲。後院出了什麼事，怎麼她們都一副大敵當前的樣子。我躡手躡腳走到窗邊，見後院的李樹下站了一隻動物，牠皮毛光潔，頭頸的毛色泛紅，四肢修長挺立，昂首顧盼，姿態俊逸，走起路來舉足優雅。我心中訝然暗道「哪來一隻這麼漂亮的狗」，不對，牠不是狗。我腦中靈光一閃，低聲對孩子們說：是red fox，孩子們點點頭。

　　我急忙回房去拿相機，走到窗邊，舉起相機正在對焦距。紅狐忽地躍上柵欄，矯健地跳入隔壁後院。我好奇追出去站上欄邊土墩上，往鄰居偌大的後院中尋找，卻早已不見狐蹤。回到家庭間，我對孩子們說，沒想到紅狐這麼漂亮，孩子們一個勁地點頭，後院中居然有紅狐出現，我們都覺稀奇。

　　不久前，鄰居便相繼告知，附近有紅狐出沒，家中若有小動物要小

---

[4]　家庭間（family room），一個多用途的房間，設計目的是讓家人和客人一起進行聊天、閱讀、看電視或其他的娛樂活動之用。

心。鄰長傑克說，加州連年乾旱，山上野草枯死，野兔搬下山來吃住戶的花草，狐狸是追著野兔下山的，原來如此！今天，我們也終於看到了。

數年前，我家後院忽然有野兔跑來跑去，棕色的毛，白色的尾巴，非常可愛。女兒們看了喜歡，曾切了幾段胡蘿蔔放在後院，亦想買籠設陷阱抓一隻來豢養，但她們只有假期才回家，我當然不幫她們捉兔子。野兔來後，小院不再安寧，初開的鬱金香馬上不見，風信子也只剩花莖。可牠們並不吃女兒放在院中的胡蘿蔔，鄰居說滿地的鮮花嫩草，牠哪會對冰箱中拿出來的胡蘿蔔有興趣。野兔繁殖很快，到處挖洞，後院的玫瑰花陸續死了幾棵。鄰里間家家受害，尤其是喜歡種菜的，菜苗全叫野兔吃了。也有人設陷抓到幾隻放回山上，但都於事無補。紅狐出現後，野兔不敢冒然進出，我家的花草又能重新向陽盛開，種菜人家又能安享收成。

有天黃昏自外散步回來，發現前院車道上有三隻小狐狸在玩耍，見我走近，竟近前來與我仰頭相望，一副跟我討東西吃的模樣，一點也不怕人。我進廚房拿了塊胡蘿蔔想試著餵牠們，再出來不過一會功夫，牠們都不見了。可愛的小狐狸們，回家去了嗎？牠們的巢穴在哪兒呢？

也不知過了多少時日，聽鄰居說這附近狐狸的蹤跡越來越常見，繁殖似乎很快。我突然想起，那些小狐狸也該都長大了。不久，鄰居麗莎的貓不慎溜出家門，從此再沒回來。對面麥克家的後院發現野兔殘骸，麥克說這附近的野兔大概都被狐狸吃光了。小女兒聽了面露悲憫，眼淚在眼眶裡直轉，大女兒拍拍妹妹的肩膀輕聲對她說，這是食物鏈，沒有辦法。

很快的一年過去，又到了暑假，也是個週日的午後，我忽然看到院子角落有隻紅狐直挺挺地站在那不動。我打開落地窗出去，那紅狐看了我一眼，依然不動，我赫然發現牠的後腿旁站了隻小小的狐狸，我忙進屋叫兩個女兒出來看。那小狐狸不過七八吋長，小小的身體踮起後腿拖著粗大的

小尾巴，兩隻前腿舉起趴在狐媽媽身上一動不動，那樣子可愛至極。我們看了一會，忽然明白，原來狐媽媽在餵奶。那小狐吸夠奶後，突然一溜煙地鑽到後院的露台下。原來，狐狸窩就在我家後院。那紅狐餵完奶，向我們這裡看了一眼，居然從從容容地走了。

週六下午我指導一群六到十歲之間的孩子們畫畫。我的畫室有一排玻璃窗對著後院，有時望向窗外就能直接跟學生解釋，自然界的色彩或花樹上的光影變化。一日我正在教畫，忽見紅狐叼著一隻松鼠，從窗邊走過。所有的學生都停下畫筆，趴到窗邊呆呆地看著紅狐，那紅狐不急不徐地走到欄邊往隔壁院子躍去。孩子們見狐狸走了，頗為失望，齊集讚嘆，紅狐好漂亮。我說狐狸確實是很美的動物，但你們不同情那隻松鼠嗎？所有的孩子都搖搖頭，還七嘴八舌說松鼠很壞。「牠偷吃我家蘋果」、「牠把我家桃子都吃掉了」、「牠在我家屋頂打洞」……

天哪！家家都是松鼠受害者，我又何嘗不是？我家種的枇杷樹，自從開花結果以來，我們一顆也享用不到。屋頂也曾被牠們鑽進來過。孩子們還說，希望狐狸到他們家院子去抓松鼠。兔子、松鼠、狐狸，後院天地的自然平衡。是紅狐長得太俊！一看到牠很容易對牠縱容，忘了弱肉強食，忘了小動物的悲慘。就連麗莎看到狐狸，壓根就不去想愛貓是怎麼失蹤的。難怪，自古以來便有狐狸精迷惑人一說。

其實狐狸的個頭不大，比成年的牧羊犬小得多，比一隻成年的大花貓也大不到哪去。除了抓小動物，對人並無攻擊性，見到狐狸補松鼠，我也很難怪罪牠。

數日後，我跟小女兒自外購物回來，見那隻小小狐狸在我家車房前張望，見到我們馬上溜入旁邊的花叢裡。我跟女兒走近，見牠在地上縮成一團，全身發抖。看得令人不忍，於是立刻離開。不久見狐媽回來，又站在

後院餵奶，我開門出去，那小狐如驚弓之鳥，箭也似的鑽回露台下。我急忙入內，再也不敢打擾牠們。

原來狐寶寶就像小嬰兒，剛生下來不怕生，長大一點開始認生見人就哭，再長大一點就像那三隻小狐，見人就要糖吃。

一日，又見紅狐站在柵欄上，這回我終於捕捉到了鏡頭。紅狐又躍向隔壁，我追到欄邊，居然看到牠站在隔壁後院，身旁圍了四隻比我院中要大上一倍的小狐。我又明白了，為什麼兔子消失得那麼快，狐狸家庭食指浩繁，狐媽要不停地覓食養家活口。隔壁空巢已久，近年兩老又長年在香港，屋空無人。他家後院亦有一特大露台，無怪住了這麼一大家子的狐狸。鄰居認為我家後院這兩窩狐狸應是第二代了，大概就是我去年看到的小狐，長大成家。

母狐狸是紅頸灰面，另外還常看到一隻紅頸金面狐，比灰面狐更俊朗更神氣，鄰里間揣測可能是公狐。幾年來，人狐相處相安無事。那母狐在後院進出從不避諱我，對我甚是信任。院中搗蛋的松鼠、老鼠、野兔再看不到。去年樹上結的枇杷，終於有機會採收。

去年冬天聖嬰年來臨，加州連續四年的乾旱，稍得紓解。但整個冬季，我再沒看見任何一隻狐狸，心想牠們上哪過冬去了？來年春天，小狐狸又都長大了，總該再回來築巢。

後院紅狐

　　那年夏天學生家長送我兩顆大葉甜菜（Chard）。種下之後，菜葉每天發幾葉，又肥又大，採下七八葉就能炒上一盤菜。一連吃了好多頓，直到它抽出莖幹開花結籽，就不再長葉子。聽說菜籽落入土中，明春自然會發芽。我想去年兩顆就夠吃了，今年只要長出三四顆，又能吃上自家園中的有機蔬菜了。雨季過後，果然見菜圃中發出點點甜菜幼苗，心中甚是歡喜。沒想到過了兩日再去看，菜苗全部失蹤，到底是誰吃的？我納悶，這麼小的菜苗也會被吃掉，那廝當真餓昏了，忽見松鼠自我身後跑過，又是這些混蛋。

　　好友淑換送我兩個發芽的紫薯，我先養在水盆中，見長出許多鬚根又發出了茂盛的綠葉，才移植園中，想過幾天就能炒上一盤蕃薯葉吃。數日後果然越加茂盛，心中甚喜。沒想到，當天下午我再到園中，薯葉竟然全部被吃光只剩光禿禿的莖。這下，真把我氣壞了。向淑換報告，她不敢相信我家後院的松鼠這般窮凶惡極。她又送我兩個發了芽的馬鈴薯，想馬鈴薯芽有毒，葉子亦不能吃，種下去，總沒問題吧！於是我又挖坑種薯。誰知次晨去澆水，竟發現馬鈴薯已被挖出來吃掉，只剩空坑。怎麼連有毒的東西也吃，我心中不免罵道「毒死了活該」。更令我生氣的是，我種了棵蕃茄樹，本已有三四尺高，忽然被齊腰咬斷，枝上的葉子全被吃光了，沒想到蕃茄樹葉也好吃？正在哭笑不得，忽見花叢裡一隻棕色白尾的小動物，一跳一跳的溜走。野兔，怎麼又出現了！看來這兩種動物，又開始在後院狼狽為奸。

　　說也奇怪，轉眼又到歲末，一整年鄰里間再沒人看到狐狸。真想不透是什麼原因，牠們全都搬走了？兔子、松鼠，比以前更加囂張。我懷念紅狐進駐後院的那兩三年，為我守護著後院。我已放棄種任何蔬菜，有時漫步後院，不覺低吟起，何日狐再來。

豆梨春秋

　　當雪白的豆梨花綻放時，春的消息也同時送到了庫市。

　　位於矽谷心臟的庫市全名庫柏蒂諾，華人簡稱庫市。提起庫市，人們總是把她跟蘋果電腦聯想在一起，因為蘋果的總部在庫市。豆梨花與蘋果公司相比總顯得微不足道。我在矽谷住了三十幾年，直到十多年前才突然發覺到豆梨花的美。

　　我雖然住在庫市南邊的薩城，但我們這區與庫市屬同一學區。每天早上送女兒到學校，再走W路穿過庫市上高速公路去公司上班。歲歲年年都是走的相同路線。那天孩子放春假，我趁空一早去看牙醫，於是改走與W路平行的D大道上高速公路。當我開到與S大道相交的十字路口，遇上紅綠燈，停在路口我幾乎驚呆了，只見四面八方一片雪白，好似剛下過一場大雪。心想既請了幾小時假，晚點到公司不是問題，於是轉入S大道旁的停車場，下車一看究竟。原來這十字路口與S大道兩旁的行道樹上，全開滿了密密麻麻的似雪白花。

　　這種白花，老美稱之為觀賞梨花，矽谷一帶栽植很多，我家巷口也有數株。結出的果實很像沙梨但只有櫻桃般大小，果實不能吃，利用價值不高，開花時雖美，花期一過，就不再引人注目了，是以我對此花未曾青睞。S大道是庫市東西向的主幹大道，雙向行車，不但道路兩旁連中間的安全島上都種滿了這種觀賞梨花。而大道兩旁的人行道上左右各植有一

排，這段路上等於栽了五排梨花。十字路口東西南北的四座廣場上，亦都栽著同樣的梨樹，難怪白茫茫地鋪天蓋地，美得叫人瞠目結舌。

D大道是庫市南北向的主幹大道，過了S大道，在上高速公路之前，就是蘋果電腦的總部，這一帶在矽谷頗具知名度。算來庫市政府頗有眼光，培育出這樣一片美麗的花海，讓科技人士過上個美麗春天。

從D大道右轉S大道，過了這片花海左轉就是W路。賞罷梨花，我依然從平日慣走的路線去上高速公路，回眸看去仍恍似一片雪景。我在這一帶住了二十多年，卻第一次見到這片雪白花海。二十多年來，日日匆匆經過此處，都不曾往左右看過一眼，年年錯過花期，我竟然活得如此匆忙！

由於好奇，我開始關注這種梨花，並上網查資料。才知此花又叫克里夫蘭梨，原產中國，兩百年前由一位義法籍到中國留學的學生引去歐州，北美州再從歐州引進栽培。原來此花就是我們的豆梨花，又叫彩葉豆梨。彩葉者，秋天葉會變色也。果然夏天過後，梨葉由綠轉黃、轉橙再轉紅。心形的梨葉，造型本就美，轉成片片紅心就更美了。豆梨之成為歐美受歡迎的觀賞花，除了它的春花秋葉，還因為它的果實小如豆，落在地上沒有腐敗的問題，處理容易。豆梨雖小但確實是梨，亦是可食之果，只是小得無人願意吃，但卻是鳥類的美食。老美注重環保，又愛野生鳥類，所以種豆梨更是一舉數得。

春日開在樹梢的白花非李即梨，自古以來文人偏愛梨花，吟詠者眾；卻鮮少人為李花作詩，何也？梨花如櫻花般是一球一球的開，而且先花後葉，開時滿枝雪白。李花開時花葉齊發，枝頭朵朵白花配上點點新綠，美則美矣卻不如梨花白得純淨。是以天下白花，當屬梨花第一白。

唐詩中多將梨花比做白雪，李白〈送別詩〉云：「梨花千樹雪，楊葉萬條煙」。丘為詠梨花「冷豔全欺雪」，司空圖亦有「好是梨花相映處，

更勝松雪日初晴」的句子。到了宋朝，蘇東坡有「惆悵東欄一株雪」，陸游句「梨花堆雪柳吹綿」；多情的陸遊更把梨花比做月，吟道「月與梨花共斷腸」。

邊塞詩人岑參苦守胡天八月即飛雪的邊疆，從中秋到初春半年多的冰天雪地，那寒冷的難捱可想而知！突然「忽如一夜春風來，千樹萬樹梨花開」，當他發現枝頭上的白雪竟如梨花一樣的美，心中狂喜不再嫌雪天寒冷，反把飄雪當春風。矽谷不下雪，當我看到滿枝的白花卻誤以為白雪，亦與岑將軍有同樣的心情！

發現豆梨花海的次年，發生了金融海嘯，我服務的公司沒撐幾個月，便決定關閉矽谷分公司。同事紛紛另謀出路，有二十幾年工作經驗的我，當時要找工作並不困難。我忽然想起了那片豆梨花海，突然覺得為什麼要生活得那麼緊張，二十幾年來汲汲營營，錯過的何止是一個花季。先生因為工作關係，常年出差在外。以往我請人接兩個女兒放學，送她們去上課外活動，姐妹倆倒也快活。如今大女兒在南加州求學，小女兒一人在家孤單，思姐姐之餘格外黏媽媽。我決定不再找事，回家照顧剛升上十年級的小女兒，至少在她將離家念大學的前三年，可以好好陪伴她。

此後每年四五月，我都會到那十字路口賞花，有時也邀約朋友一起去。當朋友們看到這片花海，無不驚訝咫尺近處竟然有這道美景，亦都訝然為何從來不曾駐足欣賞過？

當秋天到來時，豆梨葉開始變色。再到十字路口，我會誤以為自己走入了楓林。矽谷很少見到楓葉，卻同樣有個彩色的秋天。一春一秋，豆梨樹帶給庫市兩個美麗的季節。

地球一天天的暖化，北極融冰的冷風南吹，造成季節顛倒冷暖不定。今年的四月天，忽冷忽熱，陰晴不定，甚至有幾夜降到攝氏零度。豆梨未

開先謝，被摧殘得七零八落，往年的雪姿不復再見。原來，意想不到的無常，隨時可能發生在身邊。想起十年前因為豆梨花的啓示，毅然離開工業界，重新歸劃人生。即使經濟上確實不如以前寬裕，但我開心地陪小女兒度過她最忙碌的三年，即使大女兒畢業後還巢謀職，我亦能照顧她專心工作。前些時大女兒腳受傷，動了手術，回家養傷，小女兒亦與公司情商在家工作以便陪伴姐姐。我從容地帶女兒看醫生，照顧姐妹倆的三餐，讓她們無憂地在家工作。時間一去不再回頭，美麗的花朵亦不可能常好，挽救地球的暖化，至今亦無良策。地球上一次次的冰河期無可避免，人力何以能回天？我能做的，只有珍惜當下了。

1	2	**1** 豆梨花
3		**2** 與好友一起賞花
		3 豆梨秋葉

小情人的禮物

　　情人節的早晨，醒來拉開窗簾，外面是個陽光普照的好天氣。春天來了，大地回暖，本是個雀躍的日子，我卻忍不住地滿懷感傷。這是我有生以來第一個空巢情人節，大女兒去年夏天因工作關係，搬到舊金山居住，小女兒進了大學。先生一早便上班去了，女兒們不在家，失去了過節氣氛，粗心的他永遠不記得今夕何夕。今天將是個無趣的情人節，我嘆息！

　　我不禁懷念起女兒們在家的日子，通常情人節前幾天，家中就有迎接情人節的氣氛。女兒們會纏著我帶她們去買糖，回家來分別包裝，在情人節當天分送好友。兩人一定會合畫一張卡片送我，也會提醒老公買一束花給我。女兒離家後，我並不覺有多不適應，老大週末會回來陪我們吃頓飯，大約兩三個星期總要去戴維斯把老二接回來一趟。然而到了今天這個日子，我才真正體會到空巢的空虛。

　　黃昏時，我開始準備晚餐。暗想，今日好歹也該有個過節樣，不如好好燒幾樣菜，慶祝一番。正在廚房忙，忽聽到敲門聲。我納悶，這時候怎會有人造訪。打開大門，一聲奶氣稚嫩的「Happy Valentine」衝著我道來。天哪！竟是對門新搬來的鄰居帶著她那四歲的小女孩，給我送情人節禮物。小女孩捧著一張自己做的卡片，上面歪歪倒倒的寫著幾個字，上款是我的英文名，下款的署名是她，卡片上還掛了一袋巧克力糖。太意外了，我喜出望外，抱著她親了兩下，但我拿什麼回禮呢！忽然想到前些

時，在中文學校聯合會做義工，會長送了我幾份麥當勞的月曆，上面並有五元的禮券，我家早沒有人吃麥當勞了，正不知如何打發。我忙問她，喜歡吃麥當勞嗎？她點點頭，我忙去拿來送她，女孩笑著跟我揮手再見。她媽媽說，她只是想做個禮物送我，沒想到拿到這麼漂亮的月曆。

　　人與人之間本來就是相互的，他們去年搬來時便很客氣的來打招呼。我為了表示友善，聖誕節時送了小女孩一個小禮物，沒料到她們利用情人節禮尚往來。老美的情人定義很廣，關愛你的人或你喜愛的人，不論男女老少，都可以在情人節這一天給他送上一份愛心禮物。有人想著你，就是福氣。我立刻將小女孩送的卡片及糖果用iPhone拍下，剛按下快門，老公捧著一盒心形的巧克力糖開門進來。哇！他竟然還記得情人節。我將iPhone拍下的照片傳給兩個女兒，告訴她們對門的小人兒給我送禮物，爸爸也給我買了糖，媽媽今天非常愉快，並願她倆都有一個愉快的情人節。不一會，兩個女兒陸續回信，都誇對門小女孩太可愛了，也同樣驚訝爸爸竟然能記得這節日，她們更高興媽媽有個快樂的情人節。

　　我忽有小感悟，平時就不要以為善小而不為。因為去做義工，才拿到麥當勞帶有禮券的月曆，因為不經意的問候，換來了互相關懷。我今日好比鹹魚翻身，從情緒低落的一天，忽轉為最開心的日子。

相思是福

　　美國教育的優點是把孩子們的嘴巴都教得很甜。兩個女兒陸續離家上大學，在外面遇到了困難，不論打電話或送伊媚兒向我請示，第一句話總是「我想妳」，末了一定加一句「我愛妳」。這一成不變的甜言蜜語，好似例行公事般，我習以為常並不覺有多大的感動。兩個女兒差八歲，老大去上大學了，我還得忙老二，無暇去傷感。老二進大學時，老大早已還巢在家，為了讓初入職場的她與還未退休的老公下班有一頓美味營養的晚餐，我大半天的時間都在忙做菜。老二就讀的戴維斯加大，離家僅兩小時車程，想家只要搭上火車，每週末都可以回家。這些年來孩子在電話那頭喊著「媽咪！我想妳！」我多半應付了事地回一句「媽咪也想妳！」

　　前年大女兒換到舊金山工作，在通了一年車之後，不堪長途勞頓，終於搬出家門到舊金山與表妹一起賃屋居住。老二升上大二後，一方面已適應大學生活，二方面功課較忙，也就不常回來了。這兩年老公因工作關係，時常出差，一去兩三個星期，我一人獨守空屋的日子忽然多了起來。老公出差時，每天必群發簡訊或電郵給全家報告他在外的生活，並囉哩囉嗦的要我一人在家小心門戶。兩個女兒也擔心我一人在家孤單，只要老爸不在家，大女兒不顧舟車勞頓，總要回來幾天陪陪我。

　　為他們忙了大半輩子，如今輪到父女三人反過來關心我這唯一待在家中的人，自然是倍感安慰。

　　五月底的長週末小女兒回來度假，正好老公出差，母女倆相依為命數天。因為捨不得分離，只為多相聚幾個小時，我親自開車送她回學校。母女倆一起吃了頓午飯，分別時，女兒竟對我說媽媽一人在家好孤單，不如搬到戴維斯跟她一起住。我忍住淚水告訴她，爸爸很快就會回來，何況家中很多事都須要料理。擁別女兒，我開上高速公路，心中不住的嘆息。孩子長大了不得不離家，她們都懷念在家中溫暖的日子，不捨自己從小睡的床，想念媽媽燒的菜。回想當年我出國念書的時候，當飛機起飛離開台北上空時，我就開始哭，一路上沒有胃口，不吃不喝哭到洛杉磯。我常告訴女兒們，她們很幸運，想回家就回家；想吃什麼，一通電話，老媽就開始張羅。不像我當年，一出國門，幾年看不到爸媽，說著自己忍不住掉淚，兩個女兒也面露同情。人生最苦是別離，相思尤其苦。

　　十一月份有個退伍軍人節的長週末，老爺在廣州出差，兩個女兒齊發簡訊要回家小住，老大並說要請我吃午飯。那日在餐館吃飯，女兒們舉起茶杯，齊說：媽媽生日快樂。我一愣，生日已經過去半個月，原來孩子們早計劃給我補過，讓我有個意外的驚喜。大女兒說她今年沒有買禮物，但剛上映了一部浪漫喜劇，吃完午餐就請媽媽與妹妹去看，權充我的生日禮物。我興奮地分別與她們擁抱，直說有這麼兩位貼心的女兒，媽媽好Lucky。提起看電影，我衷心的感謝兩位女兒。我欣賞電影的水準不高，最怕恐怖殘忍鏡頭，也不喜歡難以理解的社會心理片。有一年我用電話公司累積的點數，訂購電影。他們父女三人幾經商議，選了五部電影，光碟送來後，一家人迫不及待地要看電影。老公立刻選了他中意的驚悚片，大女兒說這種電影媽媽不會喜歡。為了不掃老公的興，我說可以試試看。結果看了十幾分鐘實在無法接受，只好回房睡覺。大女兒馬上說：媽咪，明晚我們陪妳看另一部好笑的。我一直覺得看電影是娛樂，為什麼要讓視覺

去接受那些恐怖血腥鏡頭。以往全家去看電影，往往到了影院門口後，我帶孩子去看卡通片，老公自己去看社會恐怖片。是以孩子們對我選擇電影的口味非常了解，每次陪我看的電影都正合我意。

　　看完電影已是黃昏，正是廣州的清晨，在那出差的老公發來簡訊報導他這兩日的生活，又送來他居住的旅館照片，並不忘叮嚀女兒們要好好陪伴我幾天。看到老公的簡訊，我們都覺好笑。以前女兒在家時，他嫌孩子們事多麻煩，很少參與她們的活動。兩個女兒相繼離家念書，他卻三天兩頭打電話追蹤她們的行蹤。大女兒在南加州念書時，有一回他連打了兩通電話，女兒都未回。他急得留言說妳再不回電話，爸爸要報警了。此後女兒不敢不回老爸的電話，她也才了解，原來爸爸是這麼的關心她。老公生性頑皮，愛取笑人，在家時常把我們三個女人逗得不爽快。然而他每回出差，不但天天發簡訊、送

上圖　小姐妹
中圖　姐妹長大了
下圖　感謝年年為我慶生的大女兒

電郵，也不忘為我們帶小禮物。似乎人在分別後，才會互相想起對方的好處。想到此處，忽覺一陣溫暖，原來能夠彼此思念是這樣的幸福。

我是個很容易開心的人，天生又愛笑。以前同學們常取笑我人如其名，一點就樂。但我往常從未把快樂與幸福畫上等號。總認為「人生不如意事常十之八九」，快樂不過是曇花一現。不管怎樣地開心，一轉身仍然要面對人間萬事。但近日忽有所悟，凡事換一個角度看，幸福其實隨時在你身邊。只要懷著感恩的心，珍惜擁有，才知快樂就是幸福。而Lucky與幸福原來也是相等的。有了這樣的看法，我忽然覺得相思原來是甜蜜的。

感恩節假期到了，兩個女兒連袂回來。我兩天前就開始採購食物，接著燉雞湯、蒸包子、做蛋糕，又泡了糯米，等她們一到家就做她們最愛吃的珍珠丸子。當兩個女兒把丸子送入口中時，齊聲說她們很Lucky。我告訴她們，以前我認為Lucky只是暫時性的，現在覺得Lucky就是幸福。雖然過完假期她們又要走了，但聖誕節時，她們又會回來。人生離別總難免，只要珍惜相聚時，也就不計較分別時的無可奈何。互相思念時也不必悲傷，正是因為思念，才會有再相聚的期盼。不論是親人或好友，都是因為思念，才會相約相聚。思念與被思念，都是幸福。自從觀念改變，我真正變成了一個快樂之人，對生活再沒有什麼抱怨。

假期結束了，孩子們又走了，我也不再難過，而快樂的等待另一個假期。

紫藤花下喝蜂蜜咖啡

老美對咖啡時間（**Coffee Break**）的詮釋即是休閒時間，以前在亞利桑那州BB公司上班時，同事們很重視咖啡時間。通常早上十點、下午三點，各有十五分鐘的咖啡時間。時間一到，抽煙的站到大門外去抽煙，喝茶的去泡茶，喝咖啡的去煮咖啡。大家三五成群的捧著茶或咖啡，坐在餐廳閒聊，女同事們一面聊天，一面還做著手上的針線活，繡花鉤針，說說笑笑，將自己完完全全放鬆十五分鐘。回到加州工作後，每天忙忙碌碌分秒必爭，咖啡時間的享受，竟成奢望。

自從拜金融風暴之賜，提早退休，開始有閒與朋友相約喝咖啡。但一向喜愛茶葉清香的我，以往並不愛喝咖啡。為了掩蓋它的苦澀，我往往加上大量的奶精和糖，這樣的不營養乾脆不喝也罷！喜歡上喝咖啡，卻是偶然。

數年前，居家巷口開了一家咖啡店，那店門口的景致特別美；對街是綠意盎然的小樹林，門前是大片的花圃，最美的是門口的紫藤花架。春天，幾十尺的店面就隱在紫藤花的垂幕裡。

常常為了看花，走到咖啡店口，抵不過咖啡香的誘惑而買它一杯，最終還是嫌苦，喝沒兩口就倒掉了。一日，又散步到咖啡店，遇一老友在買咖啡，她告訴我若嫌苦就買小杯的放中杯裡，當場加些熱水；嫌糖不營養就加蜂蜜，如此既香醇又養顏，豈不一舉兩得。我於是照她的建議，竟調出了非常適口的咖啡。原來剛出爐的咖啡，對些熱水，一點也不會破壞

它的品質。這家咖啡店的蜂蜜有龍眼花蜜的香氣，加入咖啡中不濃不膩，卻有一絲甜潤的感覺，整杯咖啡喝來有一種滑順如絲綢的口感，從此我便愛上了蜂蜜咖啡。若有朋友來訪，我就與她一起走到咖啡店去品嚐一杯蜂蜜咖啡。多半的朋友對我的配方都很喜歡，好友一坐下來閒聊，便忘了時間，常驚見日頭已西，才各自趕回家做晚餐。

　　我有一群在社區做義工認識的好友，蒨君、淑君、婉君等六人。另三人中名字裡沒有君，亦取了號。我自取號悅君，文一叫文君，燕萍叫竹君，結成六君子，閒暇時常相約一起喝咖啡。都說女人要愛自己，尤其空巢後要懂得安排自己的生活，要有自己的興趣，要有一起消磨咖啡時間的女性朋友。我們六人都曾是北加州中國大專校友聯合會的理事，除了竹君，我們這五人還當過中文學校的校長，氣味相投，言語自然投機。春去春回，紫藤花幾度開開落落，兒女長大，我們都離開中文學校也卸任了校聯會的理事，卻仍然相約在花下喝咖啡。

　　我另有一群一起在社區學院修水彩課的朋友，因為都愛藝術，也都愛觀察花花草草。又是一個春暖花開的日子，可巧老師生病請假，一群人站在教室門口對著老師貼的告示興嘆。沒得課上，卻又不想辜負春光，於是有人建議去喝咖啡。我把大家領到紫藤咖啡店，就在花架下找了一張桌子，教大家調蜂蜜咖啡，五個半路出家的畫者就在一片紫花之下品嚐咖啡，享受一段休閒時光。

　　我們邊聊，邊仰頭看垂下來的紫藤花。以前在台灣時沒見過紫藤，只看過圖片中日本藝妓鬢邊插的大串紫藤花。如今坐在花下喝咖啡，正好細細地欣賞。淡紫色如蝶形的花朵之下串著深紫的花苞，一串串葡萄型的花束垂在架下，每支花串上都有四五支青翠的羽狀複葉如傘狀般覆蓋著花串，綠蓋紫垂，清雅秀逸。一陣微風吹來落下一片紫雨，飄來淡淡花香，

紫藤花下的咖啡店

　　我們才發現地上早已落了滿地紫花，原來我們坐在花毯上，不禁相視而笑，好一個「綠蔓濃蔭紫袖低」。

　　我的畫友們多半與我一樣，拜2008年金融風暴之賜而提早退休。兒女都進大學了，於是開始追求自己的興趣。興趣的確非常重要，譬如喜歡繪畫，一起結伴看畫展，上美術館，一起聊古往今來的畫壇軼事，互相切磋繪畫技巧，這樣哪有功夫去說長道短呢！不管寄情書畫，或寄情音樂，或寫作讀書，都能豐富自己的生活。情有所寄，心有所用，自然不覺得寂寞。當然能有朋友一起分享所好，更是獨樂樂不如眾樂樂了。

　　紫藤原產中國，千古以來一直是受人喜愛的庭園花卉，幾個東方女人在花下喝咖啡，呈現的是現代人的閒情，若能把它畫下來豈不更好。自幼喜歡畫畫，也喜歡細觀萬物，喜歡捕捉身邊的美。天地萬物由小看大，各有各的美，花與葉上的光影變化，四周的景物，人影的轉動，都能組成一幅美麗畫圖。聖嚴法師有句法語「天堂與地獄的差別在於心境，而不是環境！」只要心能去轉境，人間處處即天堂。我們現下身在美麗的環境中，加上友情的滋潤，感覺是快樂幸福的。不論是老莊的無為自在，或希臘哲人亞里斯多德的理論都是教人「如何有個幸福人生」。感謝我們有機會停下來聞聞花香，靜下來體會自然，活在當下，珍惜擁有。縱然回家後又要為瑣事繁忙，但我們畢竟抓住了幸福的一刻，而那種感受永遠留在心間。

文人之花玉蘭
——兼談舊金山植物園的玉蘭花節

霓裳片片晚妝新，束素亭亭玉殿春。

已向丹霞生淺暈，故將清露作芳塵。

——明　睦石〈玉蘭〉

「玉潔冰清」，玉蘭花的名士風格

　　玉蘭花是傳統的中國花卉，它原產在中國中部地區的山野裡，自古以來一直是園林中名貴的觀賞樹。尤其是江南一帶，亭台樓閣前多植此樹。國畫裡喜歡把玉蘭與牡丹畫在一起，是為「玉堂富貴」。玉蘭花型有拳頭大小，潔白如玉，芳香如蘭，唐朝人將它視為純潔的象徵。玉蘭是落葉喬木，秋末時分綠葉落盡，次年初春先花後葉。由於開花時，枝頭只有朵朵瑩潔白花，清麗恍似冰雪，故有「玉潔冰清」超凡出塵之感，是以文人雅士皆愛之，視之為品格高尚之花。

　　亞熱帶氣候的台灣，四季不分明，並不常見玉蘭花，但一般人都把含笑屬的白蘭花叫做玉蘭花。白蘭花僅姆指大小，花色偏乳黃，香氣濃爽是有名的香花，它終年常綠，花開時葉已翠滿枝頭，與玉蘭大不相同。家母是江蘇人，由於在蘇州住過很長一段時間，年輕時遍遊蘇州名園，很喜

歡亭亭玉立的玉蘭，自然也分得清玉蘭、白蘭兩般香。我幼時住在基隆七
堵，當地人確實喊香花為白蘭，當年台語片最紅的女明星就叫白蘭。後來
搬到台北，發現人人管白蘭叫玉蘭，糾正也無人理會，也就將錯就錯。其
實玉蘭白蘭雖不同屬卻同科，都屬木蘭花科，也難怪會以訛傳訛，就隨人
亂叫吧！

舊金山植物園偏愛玉蘭花

　　舊金山的植物園座落在金門公園旁，佔地五十五英畝的園子植有八千
種不同的花草樹木。園中收集了二十三株品種各異的玉蘭花，竟因此而享
有盛名，而這些花樹大多進口自中國，或中印邊界的山區。

　　中國人愛玉蘭是因它具有名士風格的特質，但舊金山人為何偏愛玉蘭
呢？不知是東方熱式的附庸風雅，還是因為它漂洋過海而來，倍覺珍貴。
每年一月下旬到三月下旬，園中舉辦玉蘭花節。在這兩個月之內，若遇月
圓之日，則於下午六點至八點舉辦玉蘭花月夜，園中配合著月夜放燈，並
有專人導覽，帶領遊客賞花聞花香。另外還選有幾天特別的日子，請植物
學博士專門導覽講解並帶領訪客觀賞玉蘭花，自然這些活動都是要額外收
費的。約在中國新年的前後，園中也有慶祝中國新年的活動，但此活動不
增收費用。看來園中的玉蘭花會，比中國還要慎重其事呢！

　　三月底，適逢小女兒放春假，為讓她見識玉蘭花，我們一家特到植物
園一遊。進得園來才知園中收集的玉蘭花指的是各種木蘭花科的品種，不
但包括白蘭花、廣玉蘭；還有紫紅、淺紫與深紫色的花。在中國白色的叫
玉蘭，紫色的叫辛夷也叫紫玉蘭，兩者除了顏色不同花型相似，也都是先
花後葉，同屬不同種，但在美國統稱Magnolias。辛夷花移民美國後，廣

受老美喜愛，一般居家住戶的庭園中，種植辛夷花的很多。每年春天的腳步剛走近，紫色的花朵便漸漸綻放。它跟玉蘭一樣，高大挺立，枝頭上開出粉、紫似蓮花的花朵，在料峭春風中迎風搖曳，宛如天女散花，丰姿綽約。

還有花型大如巴掌的白色廣玉蘭，在美國更受歡迎，一般大、中、小學的校園裡都常見到。我們社區的行道樹，即是兩排廣玉蘭，它樹高葉大花大，白花翠蓋，雄糾糾非常大器，觀之有如花中豪傑也。

曲徑通幽，植物園裡尋玉蘭

春天到植物園來，主要就是按圖尋找玉蘭花，其他的花花草草只能算是陪襯。由於舊金山的地形高高低低，園中就地取勢，有小山丘，有小峽谷，可以登小丘，下峽谷，曲徑通幽旁是奇花異草。園中有好幾處小水塘，亦有噴水池，真可謂水色花影美景無限。

三月下旬，玉蘭花的節氣已近尾聲，大門入口處，就遙見兩株高大的辛夷花，只剩下稀疏的幾朵粉紫色花朵。再往前走是亞洲花園，也是玉蘭花最密集的地方，有些開在早春的花，早已長出一樹綠葉，花瓣落盡，已找不出那一株是玉蘭了。

再往前走，小坡上有兩株高大的白玉蘭花，此時已是枝葉茂盛，潔白的花朵開滿一樹，濃郁花香飄滿空中，香甜清爽，那香味竟與台灣的白蘭花一般。洋生洋長的女兒自分不清白蘭與玉蘭，她只覺好聞，走近花畔深深的吸了幾口。地上有幾朵剛落下的還甚新鮮的花，我拾起放入皮包中，直到花枯變黑我才丟棄，但皮包染滿異香，多日不退。

走出亞洲花園區是美洲花園，那裡也有一株，再往前到南非花園裡也

有一株。緊接著茶花園與望月園裡亦有多株玉蘭，尤其潔白的玉蘭與大紅的茶花栽在一塊，紅白輝映，格外賞心悅目。另外地中海花園及杜鵑花園裡也都植有玉蘭花。尋找完玉蘭花，園子也逛得差不多，一路上更是觀賞了許多美麗的春花，白色與粉紅色的櫻花、紫丁香、洋杜鵑、鳶尾、水仙等，處處皆是春光明媚。

玉蘭花的唯美傳說

中國人最會編故事，玉蘭花也有一段感人的傳說。話說很久很久以前在一處深山裡住著三個姐妹，大姐叫紅玉蘭，二姐叫白玉蘭，小妹叫黃玉蘭。一天她們下山遊玩卻發現村子裡的人大多染病臥床，村中一片死寂。三姐妹十分驚異，向村人詢問後得知，原來秦始皇移山填海，誤殺了龍蝦公主。從此，海龍王就跟神州大地成了仇家，龍王鎖了鹽庫，不讓人們有鹽吃，結果導致了瘟疫發生，死了好多人。三姐妹十分同情老百姓，於是決定幫大家討鹽。

她們雖誠心誠意請求龍王開鹽庫，卻遭到祂幾次三番的拒絕。三姐妹無計可施，只得從看守鹽倉的蟹將軍入手，她們用自己釀製的花香迷倒了蟹將軍，趁機將鹽倉鑿穿，但不小心把所有的鹽都浸入海水中，從此海水就變鹹了，鹽也再收不回鹽庫。村子裡的人終於得救了，但龍王卻憤怒的將三姐妹變作花樹。後來人們為了紀念她們，就將那三種不同顏色的相同花樹稱作「玉蘭花」，而她們釀造的花香變成了玉蘭花的香味。故事是救人救世的淒美神話故事，中國的神話故事多是唯美派的。好心的三姐妹為了救人，犧牲了自己，結果變成了美麗的花朵，讓世世代代的後人，永遠能欣賞她們的美麗，享受花香，不忘她們的慈悲。

　　是以現今玉蘭花的品種繁多，有白色有淡黃，也有紅得發紫的辛夷。看到玉蘭花，想到那段神話故事，自然要常懷感恩之心。正是：「新詩已舊不堪聞，江南荒館隔秋雲。多情不改年年色，千古芳心持贈君。」明朱曰藩〈感辛夷花曲〉。

左圖　白玉蘭花樹下小女兒聞花香
右圖　辛夷（紫玉蘭）

珍貴名花價值高

　　玉蘭花瓣質厚而清香，味辛，屬於性溫的食品，洗乾淨後可裹麵糊用油煎炸而食之。長江以南一帶春天煎玉蘭花吃，很是普遍。尤其在麵糊中加點糖則香甜酥脆，是很好吃的點心。白先勇的小說《玉卿嫂》裡就有提到炸玉蘭花吃。另外也可用糖醃漬或以蜜浸泡製成蜜餞食用，亦可用鹽抓過加麻油做涼拌菜。

　　玉蘭花亦有藥用價值，它含有檸檬醛、丁香油酸等揮發油；並含有木蘭花鹼、生物鹼、維生素A等成分，具有祛風散寒通竅、清肺通鼻的功效。可用於治療頭痛、鼻塞、急慢性鼻竇炎、過敏性鼻炎等症。據現代藥理學的研究發現，玉蘭花對常見的皮膚真菌亦有抑制作用。與它同屬的辛夷更是常用的中藥材，也一樣可以入肺經祛風寒，通鼻竅。《神農本草經》謂辛夷花「主五臟身體發熱，頭風腦痛」，是治感冒與鼻炎不可或缺的藥材。多年前我患花粉熱，西醫治不好，求治中醫，每帖中藥裡都配有辛夷。

　　世人鍾愛玉蘭花，真是不無道理的。它又香又美，可遠觀又可近玩，可食用又可入藥，有很高的利用價值，怎能不名貴珍貴呢！

栽在蘋果上

　　有了蘋果iphone手機以後，頭腦就越來越退化了。用上了這款手機，車上原來存放的各區地圖，馬上集體淘汰。以前我有很好的習慣，出門前會查好地圖，看清路線，計劃就緒才上路。多年前與幾位文友去東灣參加餐會，好友雅純開車，不小心下錯交流道，一時迷路不知所措。我即刻打開蘋果地圖，輸入餐廳地址，一行人順利抵達目的地。那時用智能手機還未太普遍，但蘋果的好用一傳十，十傳百很快的人手一支。大家都愛蘋果，朋友間戲稱iphone為愛瘋。從此我對愛瘋越加倚賴，從來不疑有他。

　　一個多月前的退伍軍人節長週末，小女兒與一群同學到南加州的棕櫚泉去遊玩，回程時搭同學素西的便車，我得去素西家接她。素西是女兒高中同學，兩人進入同一所大學，故而交情甚厚。我對素西也非常熟稔，她們一家原就住附近，兄妹們進入大學後，學區不再重要，父母遂搬到聖荷西郊區。女兒傳簡訊來說她們大約在晚上九點半抵達。她不但傳來素西家的新址，並附上她家社區安全鐵門的密碼。

　　我打開蘋果手機，在簡訊中的地址上一按，立刻顯示出地圖。看來素西家非常好找，不需半小時便可到達。

　　將近九點，我輕鬆上路。此時的高速公路，沒有堵車通行無阻。依照手機的指示，不過二十多分鐘，我就已開到終點。但一轉入那條小街，我就發覺不對，尋常街道，兩旁是一家家的獨立小屋，車子直接可開到屋

前，哪有什麼社區圍牆、警衛鐵門？曾聽女兒說過，素西家在山上，而此地明明是平平坦坦的一般街道。莫非在附近？我遂開車繞了一下，這一帶是聖荷西南區的住宅區，離鬧區很近，根本沒有山坡。我再按下女兒送來的地址，還是把我帶到剛才去的那家門口。我開到街口一看，不對！我要去的地址是Home Lane，而這條街是Southlake。這怎麼可能？我再按手機上的地址，竟發現Home Lane自動會變成Southlake。我怎麼按怎麼變，按多少次變多少次。Home Lane到底在哪裡？這回慘了，車上又沒地圖，天色早已漆黑如墨，我如何去找路。

　　我立刻打電話給女兒，小傢伙聽到我聲音，興奮的說媽妳到了嗎？我告知迷路了，蘋果帶錯路。問素西家在哪一帶，女兒說她家在北谷。天哪！這可是南轅北轍，我繞了多大的圈子啊！女兒在電話那頭聽了也很緊張，素西家的山間小路，並不好找。她問明了我的所在地，說立刻幫我查路線圖，等會用簡訊傳給我。

　　我沒有任何朋友住在南聖荷西，這一帶從未來過，車停路邊等女兒的簡訊，黑暗中看到陌生的車輛自身旁開過，忽然心生恐懼。我遂打電話催女兒，她說她們以為只是我的手機有問題，沒想到是蘋果地圖有問題，她們也沒有辦法下載路線圖。但告訴我只要能夠上到101高速公路，往舊金山方向走再轉680州際公路往北走，從M街出來即可。她們現在找谷歌地圖，待會兒會傳給我從M街到山上的路線圖。

　　我倒是有幾位朋友住在北谷，M街也是知道的。我打開手機找101高速公路，這回倒是順順利利地找到。我開上高速公路，但女兒簡訊依然遲遲不來，等會到了M街該往哪兒開呢？此時忽見手機跳出訊息「電池過低」，這是怎麼回事，我出來前明明有百分之七十幾的電池。難道用手機的GPS會這麼費電嗎？我無暇多想，馬上撥電話給女兒，告訴她我電池只

剩百分之八,我記得M街的高速公路出口處有家加油站,麻煩素西送妳到那裡會合。如果我手機沒電了,妳要我如何摸到素西家。

幾番折騰已是深夜,我在加油站等候,四下無人,不免心慌意亂。終於等到素西的車駛入加油站,母女相擁,恍如隔世。兩個女孩都問我是不是嚇到了,我說大家平安就好,叮嚀素西小心開車回家。

回家途中,女兒說以前就聽說蘋果地圖有問題,沒想到有這麼大的問題。今天學到的教訓是出門前一定要把路線弄清楚,不能抓了手機就跑,另一件事是車上一定要帶充電器。還好今日有驚無險,如果我稍不注意,手機沒電了,半夜三更到哪去借電話,只能打道回府,查好地圖再重新出來接女兒。一來一回耽誤時間不算,女兒見我忽然失了訊息,那焦急擔心可想而知,甚至可能報警求助。

無論如何出門都該做足準備,許多意外都是不小心引起的。GPS帶路出問題的事,也時常聽到。總以為事不關已,所以不曾心生警惕。一直以為蘋果品質保證,事事萬能,沒想到自己會栽在最信任的蘋果上。

第四部　北美記遊

到夏威夷別忘了買一條花裙

　　如果你來到了夏威夷，不穿一件帶有夏威夷風的衣服，走在路上，真會有些不自在。世上很少有一個城市像夏威夷一樣，路上女子穿的都是大花裙，男子是花襯衫，情人穿的是一對對的情人裝。

　　花樹長在夏威夷，都變得格外繁茂，花朵又肥又大開得誇張，歐胡島上檀香山市的行道樹都開滿了花。威基基海灘公園裡一排排的雞蛋花，五片雪白的花瓣裹著中間的蛋黃，一簇簇地開在碩大的綠葉間，色調淡雅卻搶眼美觀。雞蛋花很香，除了最常見的白色，亦有淺粉、桃紅，不管什麼顏色，中間都有一圈豔黃色，如擅於搭配的清秀佳人，怎麼樣都好看。

　　行車歐胡島，只見道旁的樹上，白一把，紅一把，甚至七彩繽紛。大紅的關刀花，粉紅的合歡花，橘紅的鳳凰花，亮黃的黃槐花，風風火火掛滿枝頭。夏威夷也有欒樹，跟台灣欒樹相似，但花色是黃色與玫瑰紅相間，遠看恍如道道彩虹，故當地華僑稱之為彩虹羽花。除了雜花生樹，路旁的花圃中更是開滿了花，各種顏色的扶桑花、美人蕉、火鶴花、天堂鳥花、香氣濃郁的梔子花，還有多種叫不出名稱的奇花異草。黃色扶桑花是夏威夷的州花，走在市區中，隨時便可見到灌木叢中的黃扶桑。僅指黃扶桑，品種就有多樣，有純黃的，有黃瓣紅心的，有黃色花瓣上鑲嵌鮮明紅色紋路的。紅色系列的扶桑，顏色變化就更多了，淺粉、深粉、桃紅、紫紅、橘紅、大紅，朵朵花兒皆又大又豔。扶桑易種，花開四季，長長的花

蕊突出別緻是此花的特色。或因島上的花多，俯拾皆是，自古以來夏威夷女子都喜歡在頭髮上插朵花。聽說別在右邊的是未婚，別在左邊的是已婚，別在後面的是請跟我來。在頭上或手上佩戴花環的，大概就純屬裝飾了。夏威夷的衣料多以雞蛋花或扶桑花做圖案，配以熱帶植物的大型綠葉，每件服飾都色彩繽紛鮮豔異常。

花花世界裡，異香撲鼻中，夏威夷女子鬢邊別上一朵大花，穿著一襲大花裙，婀娜多姿走來，是最鮮活的夏威夷風景。檀香山市本名火奴魯魯（Honolulu），早期中國人到那裡發現滿山遍野都是檀香樹，遂向土著大量購買檀香木運回廣州加工。濫伐結果檀香木在夏威夷幾近絕跡，檀香不再，如今的夏威夷卻飄滿了花香。

夏日的夏威夷，豔陽下十分燠熱，幸而海風拂面，減輕些許炎熱感。這樣的天氣，這樣的環境，來到夏威夷很容易變得懶懶散散。最好是躺在海灘上的椰子樹下，吹著海風，把腦袋放空，什麼也別想，什麼事也不做。

夏威夷的海水美，美在多變的色彩。她的海水藍得透亮，藍得發綠。威基基海灘的海水淡淡的藍中夾著寶藍碧綠，時而翻起一波白浪，戲水之人如白鷗浮浪，如游魚悠然。浮潛天堂孔龍灣，澄明的海水中清清楚楚看得到海底的珊瑚礁，各種顏色的熱帶魚是珊瑚礁上移動的彩色斑點，浮潛人恰如游魚般自在。沙灣公園（Sandy Beach Park），白浪濤天黑礁崢嶸，予人凶猛險惡之感。環島夏威夷，見那海水平靜時白浪碧波如一抹淡藍輕紗隨風飄起，潮起時巨浪驚濤如颶風海嘯席捲而來。還有那展示著歷史傷痕的珍珠港，似乎永遠風平浪靜地哀悼亞利桑那號1177名亡魂。

　　到了夏威夷衝浪購物之餘，總會想到珍珠港看看。這裡原來盛產珍珠，美國海軍進駐後，珍珠蚌早已逐漸遷走。二戰紀念碑旁亦有一排盛開的白瓣黃心雞蛋花，花朵高高地掛滿樹梢，海風吹過，一朵白花飄然落下，我不經意的撿起，戴在左耳，走沒幾步就落了下來。想學一回夏威夷戴花的女子，卻並非容易，心中卻迫不及待地想去買件大花裙，買朵假花別在髮際。

　　日本人偷襲珍珠港的事件，歷歷在目的展現在紀念館裡。參觀紀念館的人潮不斷，等著看二戰紀錄片的觀光客排著長長的隊伍。要搭軍艦去亞利桑那號紀念館的隊伍又更長。我們全家曾在2000年來過夏威夷，去過亞利桑那號紀念館。此次重遊，看到這麼長的隊伍，於是打了退堂鼓，只能站在海邊遙望那座白色的紀念館。紀念館建造在亞利桑那號的殘骸上，弧形的設計，兩端高中間凹。前面高起之處，象徵著二戰前強盛的美國，珍珠港突如其來的一聲炮火打沉了帝國驕傲的氣勢，爾後二戰結束美國漸漸恢復強盛，又走到了另一端的高點。曾經在東京接受日本投降儀式的密蘇里號戰列艦於1999年開至珍珠港，從此守護在亞利桑那號旁，兩艘軍艦代表了戰爭的開始與結束。二戰結束後，美國聯邦政府並沒有意願蓋紀念館。反而是民間的力量認為陣亡將士不該冤死，《This is Your Life》電視

左圖　夏威夷情人裝
右圖　威基基海灘

節目主播山姆先生（Samuel Fuqua）奔走籌款，貓王普里斯萊為建館籌款開演唱會，促使聯邦政府不得不撥款協助，紀念館終於1980年落成。這樣的一座美麗島嶼，卻有著這麼深的歷史傷痕。政府不願正視，但民間幸有正義人士，不忘這段歷史教訓，終能將紀念館完成，永遠供後世緬懷。島上之人對貓王亦有不一樣的感情，或有餐廳以他為名，或為他塑像立在街頭，這也代表著好人好事，終不會被人遺忘。

　　島上繁花似錦，卻生有兩種不起眼的小白花。這種小白花只有半朵，長在海邊的是雪白的下半朵，長在山上的是略帶粉紅的上半朵，合起來就成了一朵完整的花。傳說古時的夏威夷酋長有一位美麗的公主，她愛上身手矯健的年輕漁郎，因為身分懸殊，戀情被阻，公主傷心投海而死。漁郎遂隱居山上，悲憤以終。從此，海邊山上的常綠灌木中各開出了半邊花，一高一低遙相呼應。每塊土地上都有它淒美的愛情故事，天堂般的歐胡島一樣有梁山伯與祝英台的情天恨事。

　　夏威夷群島，原來是各族酋長各據一島的局面。十八世紀末來自大島的卡美哈美哈酋長打贏了各個部落，統一了夏威夷，建立了夏威夷王朝。卡美哈美哈酋長征服歐胡島的過程亦十分慘烈，他的軍隊將原來的一族人逼至山頂上的努阿努帕里大風口，歐胡酋長的士兵戰死的戰死，未戰死的跳崖自殺。如今的大風口狂風依然呼嘯，好似鬼哭神嚎在泣訴這段往事。

　　歷史不遠，但歐胡島上海風豔陽醞釀出來的快樂氣氛，早已掩蓋了夏威夷統一過程所歷經的每一場戰爭。從大風口回到市區，入眼的仍是商店中掛滿的花衣花裙，逛了幾家店，終於選到一件合意的。次晨穿上新買的花裙來到旅館大廳，竟發現同團的女士們都換上不同花色的各式花裙，髮際間不約而同別上一朵雞蛋花，不由相視而笑。同團的幾對夫妻檔居然都穿著花色相同的情人裝，出現在眾人前。

河口上的老城
——阿斯托里亞

　　在溫哥華搭乘挪威太陽號郵輪，目的地是聖地牙哥。這艘船是典型的愛之船，五天的航程，只有在上船的第二天停泊一站，第三天、第四天到第五天下船前全在海上漂。大家被四面環繞的海水關在船上，只能待在船上吃喝玩樂。而我上這艘船是為了參加海外華文女作家的年會，在海上漂的兩三天，正好聽講座、開會。

　　那唯一要停泊的港口叫阿斯托里亞（Astoria），是哥倫比亞河口的出海口。船泊岸後我迫不及待地下船，只見哥倫比亞河的大水滾滾而來，流入浩瀚的太平洋，我們停泊在奧勒岡境內，對岸是華盛頓州。大河海口，蒼茫有餘，優美不足，我有點失望。我知道奧州第一大城波特蘭就座落在哥倫比亞河畔，城郊的哥倫比亞峽谷是美國西部十大勝景之一。忙問碼頭上的工作人員，這裡離哥倫比亞峽谷多遠，答曰：兩小時車程。我又問波特蘭離此多遠，他說在一百英里之外。唉啊！當初看行程，知道船會泊在哥倫比亞河口，以為可以上岸遊覽哥倫比亞河峽谷，結果此處非彼處，一切期望落空，失望中更添幾分遺憾。

　　阿斯托里亞（以下簡稱阿城），這名不見經傳的小城，到底有什麼值得一看之處呢？我與一群文友搭上往城裡的巴士，在市中心下了車，漫無目的地閒逛。這城看似十分古老，剛從光鮮現代的溫哥華來到此處，感覺

　　兩國的國情大不相同，加拿大處處煥然一新，美國人似乎比較念舊。就像
我居住的加州小城，百年以上的老建築是不准拆除的。這座城市的街道是
尋常的兩線道，建築老舊，油漆色調暗淡。路旁的商店擁擠窄小，賣的多
是藝品骨董舊貨。正行之間，遇一好心人告訴我們，前面不遠處有座中國
庭園。一股好奇心，我們依照他指引的方向，三步併做兩步，很快地找到
了「滄浪園」。

　　滄浪園座落在阿城市政廳的側對面，英文名是「Garden of Surging
Wave」。

　　庭園中有假山、銅燈、八角石亭，設計簡單大方。那石亭是用八根
雕有盤龍祥雲的白色大理石圓柱撐起，看似白淨卻暗藏禪機。八條龍與銅
燈上雕的龍相呼應，加起來就是九龍飛天。公園的邊上有一座特殊的銅製
圓月洞門，門洞裡刻有滄浪園三字，兩側刻有山水國畫，一派中華文人風

滄浪園

韻。洞門兩旁的鏤空窗格上鑄有許多英文字。陽光耀眼，細讀牆上的字，非常困難。我辛辛苦苦地努力閱讀，發現上面竟然記有一則故事：大約百年前一位華人婦女移民來此，她克服語言障礙，以理髮為生，獨力帶大兒子。後來，他的兒子在阿城開枝散葉，如今已有第四代子孫，兒孫們至今仍生活在此。這位理髮師，除了會理髮亦擅長烹飪裁縫，晚年她關閉理髮店，改賣杏仁酥。至於這女子如何橫渡太平洋來到海外，如何變成單親媽媽，就不得而知了。但她當年在異國孤身奮鬥的一番艱苦，想必是血淚斑斑，辛酸不已。

　　窗格上並記錄了兩百年前，阿城開創之初，許多華工來此參加下水道的建設。後來又投身到此地的罐頭工廠，或參與修建連接到波特蘭的鐵路工程。華裔子孫募款建造這座公園，一方面是做為阿城建城兩百週年的獻禮，另一方面亦是為了紀念他們的祖先在這大河口的小城裡奮鬥的故事。華人在海外奮鬥，猶如在大海中與浪濤博鬥，阿城依河面海，華人搏浪而來，是滄浪園命名的另一層意義，所以她的命名與蘇州滄浪園並無什麼關係。華人在這裡安身立命，到了1870年，開始建立第一座兩層樓的公所堂口，後來發展至八九所，直到1930年，華裔人口驟減，堂口慢慢消失。令人驚訝的是，這樣的一座小城，竟有這麼多的華工。追想當年，九堂並立時，儼然小小的中國城，華工真是無所不在啊！

　　文友王克難說，附近有座兩百年歷史的城堡。我們按圖尋堡，只不過走了幾條街，就到了地頭。只見一座木造小樓旁立著Fort Astoria的告示牌，難道這就是我們要找的古堡，真令人哭笑不得！與歐洲的古堡相比，這又何止天壤之別。我細讀牌子上的說明，的確，這小木屋正是阿城古堡。1811年太平洋皮毛公司的負責人阿斯托（John Astor），來到這裡建造了這棟木屋，設立皮毛貿易站，與原住民印第安人做買賣。這是美國人

首次正式移民到此，為了紀念這位先鋒，城市逐用他的姓氏命名。這麼小的一棟木樓，當年大概樓上住人，樓下做貿易。然而樓這麼小，能住多少人、存多少貨，兩百年前的貿易就這般簡陋嗎？

古堡雖小得可笑，但因為皮毛公司的設立，阿城漸漸繁榮，才有了發展成一座城市的基礎。原始的古堡早已腐朽，此堡是按原貌重建的。

從古堡往北過了一條街，就到了河邊大道。這裡有私家遊艇碼頭，河輪碼頭，還有設在舊輪船中的航海博物館，此地是城裡非常熱鬧的區域。遠遠地看到河中心泊有另一艘郵輪，這艘郵輪的旅客竟然是靠接駁船送上岸來。河岸旁還泊有一艘巨型河輪。碼頭船塢都很古舊，處處都是歷史的斑痕。走到這裡，我慢慢體會這座城市的樸實，城裡沒有現代化的購物中心，沒有高科技，沒有工業，大概這裡的人也不必用電腦，他們的生活跟一百年前沒有什麼兩樣。

一行人回到船上去用午餐，文友丹莉告知：下午一點以後有專車送旅客去Column，顧名思義，那應是一座圓柱型的建築物。匆匆用過午餐，我與文友紅旗再度下船。這回我對這座城市已有了些許認識，逐跟碼頭上服務的義工攀談起來。原來岸上的服務人員都是義工，他們得意的說今天來了三艘船，大家格外忙碌。我們搭乘的太陽號半年才來一次，港口並非天天有船來。小城長住人口不足一萬，今日郵輪起碼帶來五六千人潮，怎不讓他們興奮。我按照義工發的地圖，坐巴士到第十街下車轉搭另一輛巴士上山。巴士爬坡不到十分鐘便到達目的地，我步下巴士，眼睛突然一亮，這裡的視野極其開闊，遙遙可見哥倫比亞河與太平洋的交會處，那座連接阿城與華盛頓州的跨河大橋亦雄偉地橫在眼前。轉身立刻看到了造型像燈塔的高高聳立的圓柱體。圓柱上繪有壁畫，一節節地盤旋直上柱頂，展開來該是一幅圖畫長卷。我看了手上的說明書，才知那壁畫畫的是阿城的開拓史。

上圖　阿斯托利亞燈柱
中圖　三河交會
下圖　連接兩州的跨河長橋

　　塔中有樓梯，盤旋直達塔頂，164級階梯窄陡難爬。我與紅旗氣喘噓噓地互相打氣，好不容易爬上塔頂，但見視野壯闊驚人，精神抖然大振，所有的遺憾、失望、勞累全部一掃而空。原來南邊還有兩條小河在阿城匯入哥倫比亞河，這裡是三河交會處，小城三面被大水環繞，地勢至為險要。東南面遠遠看到幾座高山，天邊白雲層層，隱隱地遮住了後面更高的山，聽說萬里無雲時可以看到聖海倫火山。即使今日望不見聖海倫，能在這裡領受山河海天之遼闊，一切都足夠了。

　　河口真是寬大無比！哥倫比亞河是美洲西北部的第一大河，發源自加拿大的洛磯山中。流入華盛頓州時通過支流蛇河可以往東接黃石河，再接密蘇里河直溯聖路易市。1803年美國從法國人手中買

下路易士安那區，開始經營北美洲的中西部。傑佛遜總統任命海軍上校李維斯與上尉克拉克組成冒險公司（Lewis and Clark Expedition），1805年兩人帶了一群冒險家，自聖路易划著獨木舟從密蘇里河，一路探險終於找到了哥倫比亞河的出海口，完成了偉大的志業。他們一路上歷盡艱辛，歷時一年多到達阿城時已是晚秋，靠著獵鹿為生，用鹿皮與印第安人交換食物，度過了嚴寒的冬天。次年，他們用鹿皮向印第安人換來兩艘獨木舟，尋原路回到了聖路易。兩人呈上繪製的地圖向總統匯報結果，奠定了日後美國開發西部的根基。

壁畫上還訴說著一則悲慘故事。太平洋皮毛公司為了在阿城設立定點，在紐約買了一艘290噸的巨大帆船（Tonquin），請來海軍上尉Thorn當船長，花了一年的時間繞過南美州，終於在1811年三月來到了阿城。船上載來七八十人，留下大部分人在阿城工作。兩個多月後，船長帶了二十三人到溫哥華島買賣皮毛，由於價錢談不攏與當地的印第安人發生衝突。印第安人趁其不備，突襲大船，船長全軍覆沒，印第安人更死傷過百人，最終大船著火沉沒。皮毛公司損失慘重，於次年將公司轉賣給加拿大的西北公司，後來又幾經易主。直到近代，保護動物主義抬頭，皮毛失去市場，這些公司都成了歷史。

美國人開拓西部，歷經多少戰役死傷無數。看到哥倫比亞河的湯湯大水，即使幸運如李維斯與克拉克，他們憑著獨木舟划回聖路易，如今想來也要為他們捏一把冷汗。T上尉的不幸，整船人無辜罹難，更叫人不忍卒聞。更可憐原來在此安居樂業的印第安人，千百年來文化不曾進步，無力建國護土，最終讓出江山，搬入保留區。人世間的幸與不幸，冥冥之中似乎真有定數。是什麼樣的力量主宰著一個種族的生死輪迴呢？我縱使高居塔頂，近距離的仰問穹蒼，亦無法參透答案。歷史仍然可鑑，溫哥華的印第

安人只為一時衝動，殺人越貨，卻賠上了四五倍的族人性命，又無端整垮了皮毛公司，雖然酋長倖存，他又如何能安度餘生？人生在世，最多不過百年，不如常存善念時時感恩，退一步海闊天空，自不易引來無妄之災。

　　幾經轉折，阿城最終在1879年隨著奧勒岡州正式納入美國的聯邦體制。原來每一座不起眼的小城，都有說不完的故事，更何況這裡是大河的入海口。兩百年前，鐵路未修，更別說是飛機了，水運是人類貿易往來的最佳途徑。皮毛業沒落後，這裡的經濟曾依靠木材業與製罐業，當然如今亦相繼沒落。

　　1974年海產公司搬走，漁船棄置，三十多家罐頭工廠相繼歇業。接著伐木工廠於1989年關閉，太平洋鐵路停開，當年哥倫比亞河上漂浮的成排木材，如今早已不復見，伐木工人轉業他去。可想而知，此地曾經遭遇過怎樣的經濟大恐慌！難怪華裔人口驟減。

　　而死守老城的居民，於二十年後才盼到漁港成功地轉型為郵輪碼頭。靠著觀光業，老城有了新氣象。幸虧老城的風貌沒有隨著時代變遷而改變，留給了觀光客足夠的懷舊空間。

靈修聖地聖多娜的紅岩奇觀

　　我曾在亞利桑那州居住過一段時間，去過大峽谷多次，卻沒去過聖多娜紅岩公園。心生嚮往多年，終於在2018年一月底抓住機會暢遊了一趟。

　　聖多娜（Sedona）在鳳凰城與大峽谷之間，如果去大峽谷，繞道遊覽聖多娜，更不虛此行。從鳳凰城走州際公路17號往北再轉省道179，約兩小時車程便到達聖多娜。

　　峽谷大地亞利桑那州，處處禿山奇岩荒漠一片。州樹巨人柱仙人掌（Saguaro），恍似張著雙臂對天祈禱的巨人，林立在山間原野。一路的大漠風光，很有粗獷豪邁之感。進入紅岩公園，兩旁的禿山真是一座紅過一座。這裡的岩石多由砂岩組成，岩壁上一條條的岩層有赭紅、暗紅、淺紅，色彩十分美麗。不論是連綿的小山或是挺立的孤山，造型都很奇特，看得人不由驚嘆連連。

心靈小鎮聖多娜

　　穿過紅岩公園，便進入聖多娜小鎮。早年的旅客多半是為靈修而來，看風景反而是其次。早在印第安人時代，便傳說這裡的氣場能量特別強，靈修之人稱之為渦流靈氣（Vortex）。有一說：「上帝創造了大峽谷，而祂卻住在聖多娜。」因而此地有「靈修聖地」之稱。聖多娜開設有靈修

班，靈修者專程到此體驗神祕能量，追求身心靈的修行。練氣功之人，到此吸收天地精華，期望練幾天能功力大增。

聖多娜49平方公里的面積，人口只有一萬人左右，堪稱地廣人稀。小城的主街很寬大，兩旁的商店皆是墨西哥式的平頂屋。城裡的建築最高不超過三樓，所以四周紅岩山的風景都不會被遮住。

鎮上的商業街非常袖珍美麗，街口雕塑著一位藝術家正在寫生，旁邊還塑有一位小女孩拿著相機在拍照，非常可愛。小鎮周邊禿山上的紅岩非常美，有形狀像玉璽的、像拇指的、或像打坐僧人的，奇形怪狀，都是藝術家寫生的好題材。所以除了靈修之人，來此寫生的藝術家也不少，鎮上還有許多藝術家們繪製的彩繪小屋。

聖多娜集靈氣、奇景、與藝術之特性，知名度因此與日俱增。

聖十字教堂

在聖多娜用罷午餐，離開小城去遊覽紅岩公園。紅岩公園必去的景點是聖十字教堂（Chapel of the Holy Cross），坐落於神祕山上是亞利桑那

左圖　聖多娜小鎮上可愛的雕塑
右圖　聖十字教堂的險峻地理位置

州人造七大奇觀之一，亦是紅岩公園的地標。

聖十字教堂是座天主教堂，由雕塑家瑪格莉特斯陶德（Marguerite
Staude）設計並捐贈。斯陶德女士深信此地有渦流靈氣是座神祕小山，
因此募款建造。教堂建在兩百英尺高的懸崖峭壁上，正面的大十字架鑲嵌
於紅色的岩石中，整座建築看起來十分驚險。白色的水泥教堂與紅岩相暉
映，在日照下有粉紅色的錯覺。

從停車場爬到教堂，要爬一段陡峭的山路。途經影帝尼可拉斯凱吉的
豪宅故居，他破產後此屋已易主。山上的紅色岩石造型各異，都很奇特。
有兩座並立一起的石柱，稱雙修女石。一座山壁上有許多像蘑菇的岩石，
這些蘑菇石也像戴著帽子的人頭。爬到教堂邊，見一座岩石，酷似站立的
老鷹，後來我查旅遊簡介，果然這座岩石叫做老鷹石。登山小徑通到教堂
的後面，自後門進入教堂，裡面有神壇、燭台、祭拜用之桌椅，陳設非常
溫馨簡樸。教堂內可以看到前面彩窗上的大十字架，顯出教堂的與眾不
同。同行團友，有數人真的感受到強烈的心靈感應。

左圖　老鷹石
右圖　神祕山的雙修女石

紅岩奇觀

教堂後面有片大陽台，那裡的視野非常好。從老鷹石旁望出去是西面的山谷，遙遙望見最有名的大教堂山（Cathedral Rock），那是公園中的四大渦流氣場之一。Cathedral是指主教居住的大教堂，一般由許多小教堂組成，教堂前定有一高聳的大鐘樓。這座山丘上的岩石群酷似幾座教堂，因此稱之為大教堂山。這是公園裡最著名的景點，到這裡拍照取景的攝影家特別多。此地唯一的河流橡樹溪自山下流過。這一區的植物與野生動物，都靠這條溪水灌溉與滋養。

站在教堂門口的陽台往南看去是鐘石（Bell Rock），與立在不遠處的法院山（Courthouse Butte）。鐘石因像一只吊立的大鐘而得名，法院山則是座像法院的孤山。公園裡有名的幾座山都可在此欣賞，到此一遊堪稱一舉三得。

鐘石是另一處渦流氣場，我們特地親臨岩石旁去體驗。到底都不是練氣之人，除了覺得鐘石很美，大家都沒什麼感應。

除了大教堂山與鐘石，公園中另兩處有名的氣場是機場台（Airport Mesa）及Boynton峽谷。其它美麗的紅岩更不計其數，有咖啡壺岩、城堡岩、史奴比岩等。此地的紅岩奇觀看之不盡，任誰到此都忍不住嘆造物者之奇！無怪！此地很容易被聯想到是通靈之地。

法國風情之外
——遊紐奧良沼澤地看鱷魚出沒

　　飛機飛過一大片沼澤地帶，飛抵紐奧良的上空。密西西比河寬大的河面上，停靠著一艘艘的貨船。到紐奧良旅遊主要是衝著她的法國風情，但我突然想到如果能一探沼澤區，定然另有一番趣味。

　　紐奧良實際上應稱新奧爾良（New Orleans），在1718年法國人建城之初，為了紀念法國當時的攝政王奧爾良公爵（duke of Orleans），而將這片新的殖民地稱之為新奧爾良。紐奧良是音譯，較順口易念；就像紐約，沒有人叫她新約克。

　　城中心的商業區沿著密西西比河的東面，法國區（French Quarter）緊鄰著商業區。紐奧良是美國南方最具吸引力的城市，她是美國爵士樂的發源地，Cajun與克里奧（Creole）文化交織出與眾不同的城市特色。紐奧良老美喊她NOLA，NO是紐奧良的縮寫，LA是路易斯安那州的縮寫，合起來就是紐奧良在路易斯安那。城裡四處都是Cajun的字樣，Cajun香腸、Cajun薯條、Cajun料理、Cajun藝術。當地人告訴我Cajun原意是白色，在這裡是指加拿大東部的法國人，在十七世紀末為逃避英法戰爭，遷徙到紐奧良的人民。這群法國後裔，說一種老式叫做「archaic」的法國方言。所以Cajun料理即是這一族人的傳統飲食，特色是辛辣重口味，有名的料理如什錦湯飯（Gumbo）及什錦燴飯（Jambalaya）等。

在1763年的巴黎條約中，法國將紐奧良割讓給西班牙，直到1802年又回到法國手中。到了1803年，法國把路易斯安那賣給了美國，成了美國的一州。美國南部，早期多是西班牙移民，因此在這裡Cajun文化又與西班牙文化相互融合，形成了克里奧文化。

紐奧良多節慶，最有名的是二月底的狂歡節，花車遊行，萬人空巷爭搶花車上丟下來的彩色珠串。其他大小節慶不計其數，我們遊紐奧良的那幾天，亦碰上一小節慶，商業區的主街上遊行花車裝飾得燈火輝煌，街上人人戴面具，化妝狂歡。

縱橫十多條街的法國區裡，大街小巷都是克里奧風格的建築。法國風格的小樓，鏤空雕花欄杆的陽台是建築的特色。法國區常有爵士樂表演，小樓陽台上彩旗飄飄，紳士淑女倚欄看熱鬧，歡樂中洋溢著無限浪漫。法國區裡有法國市場，不需去法國就能買到各色法國土產。傑克森廣場的聖路易主教教堂是美麗的地標，Decatur大道上的建築華美，那裡的法式甜甜圈店Café Du Monde，更是來到紐奧良，非試不可的美食。店門前永遠大排長龍，店中賣清一色的套餐，一盤甜甜圈配一杯咖啡。這種甜甜圈是方形的，上撒了厚厚的糖粉，吃起來只覺見面不如聞名，但那樣的風情又如何能錯過呢？法國區是飲食天堂，知名餐館林立。紐奧良面河靠海，除

左圖　密西西比河
右圖　大沼澤地帶

了克里奧傳統美食之外，烤生蠔、灼龍蝦等各色海鮮料理都很有名。

　　紐奧良文化多元，地理上得天獨厚。搭乘密西西比河輪，或享用午餐遊河看風景，或享用晚餐看夕陽，皆有說不完的樂趣。商業區的街道上三不五時的便有一街頭雕塑，看得出城市規劃的用心。靠十號高速公路處，有座賓士超級大巨蛋，是培養紐奧良足球隊的搖籃，那兒每天都有比賽或節目，在紐奧良永遠都不會寂寞。

　　因為好奇，我們一行人決定去沼澤地尋找鱷魚。觀看鱷魚的船有兩種，一種是六人座的小汽船，一種是可容十幾人的小艇。我們覺汽船聲音震耳欲聾，船小危險，逐選擇搭小艇。

　　從紐奧良經過跨河大橋，往西行駛，漸漸地進入沼澤區。路易斯安那州的沼澤帶極為廣大，綿延數百里一直到德州邊界。我們來到一條小河旁，搭承Lil Cajun號往沼澤區進發。或許是沼澤地帶的緣故，河水十分混濁。船家說這條河是密西西比河的支流，無怪乎密西西比河水那麼髒。

　　三艘小汽船與我們同時出發，不久來到沼澤帶，只見好大一片茫茫濁水。接著大水兩側，出現許多沼澤植物，上面掛滿松蘿，船家說他小時常採松蘿賣錢。松蘿即女蘿草，是一種寄生草，有清肝、化痰、解毒的作用。李白詩：「百丈託遠松，纏綿成一家」，形容的是女蘿草依附在松樹

左圖　鱷魚出現了
右圖　團友王維手抱小鱷魚

上生長的情形。松蘿有藥用價值，中醫用之，沒想到此地之人也能採松蘿賣錢？是做什麼用呢？船家當時年紀小，他也不大清楚。

原來沼澤水淺處便有植物生長，所以大片沼澤中會出現狹窄的水道，水道與水道之間以樹林相隔。我們的艇大，只能在水多處行船。與我們同行的三艘汽船衝入水道中，煞時掩沒在沼澤森林裡。這才知船小的好處，可深入林中探險。

沼澤之中，多野生鳥獸，老鷹在天空盤旋，白鷺鷥、灰鷺鷥在澤邊覓食，我們還看到一隻野豬。接著在一塊浮木上看到了一隻小鱷魚，另一隻浮木上看到了烏龜。水面上開始出現大片的布袋蓮，船家馬上發現了一隻大鱷魚藏匿在布袋蓮之中，我們都看到了，緊接著看到另一隻鱷魚游過來。第一次近距離看到野生鱷魚，大家都興奮異常。船停在鱷魚棲息地，讓我們拍照，只見一隻鱷魚游走，另一隻鱷魚又游來。牠們並不會攻擊人，在水中游來游去，一副逍遙自在相。

鱷魚肉亦是紐奧良的美食之一，炸鱷魚肉在此地相當普遍。鱷魚皮屬高檔皮貨，例如愛馬仕的鱷魚皮包價值不菲。船家說以前捕鱷魚利潤很高，如今價錢大跌，已很少人以捕鱷魚為生了。目前紐奧良出售的鱷魚，大多是有計劃的養殖。鱷魚給人的印象是凶猛的爬蟲類，但這沼澤裡的鱷魚居然非常溫馴。天地間的生物，只要不互相攻擊，都有牠可愛的一面。

回程時，船家突然取出一隻兩尺長的小鱷魚嚇人。原來那是他捕捉到的一條小鱷魚，養在船上的容器中，讓客人能實際觸摸到鱷魚。膽大的乘客，紛紛搶著抱小鱷魚玩耍。我不想抱也不想摸，僅在旁觀看則已。

回到碼頭下船，再回到風情萬種的紐奧良。回味在沼澤看到的溼地風光，真是繁華與原始的兩般境界。那是我們到紐奧良最有趣，最快樂的一段旅程。

達拉斯風雲錄

　　初到美國時負笈德州理工大學，當初選擇去德州，一方面因為那裡的學費便宜。另一方面，德州因盛產石油而富甲美國，經濟繁榮，畢業後較容易找出路。德州的兩大城──休士頓與達拉斯，在四十年前就非常有名。休士頓發展迅速，很快的取代費城成為全美第四大城，排名在紐約、芝加哥、洛杉磯之後。達拉斯則因發生了驚天動地的甘迺迪總統遇刺事件而名動天下。1978年，以達拉斯為背景的電視劇《朱門恩怨（Dallas）》膾炙人口轟動一時，達拉斯更加無人不知，無人不曉了。

　　自理工大學畢業後，我曾在達拉斯近郊的阿靈頓市（Arlington）住過一年。那時外子還在讀書，我在醫院當實習營養師的薪資微薄，達拉斯一帶的吃喝玩樂都不曾享受過。2017年六月受北德州文友社之邀去達拉斯演講，會長陳玉琳熱情招待我與另一位講員推理小說家提子墨遊覽達拉斯，終於有機會暢遊幾處聞名已久的景點。

迪利廣場參觀甘迺迪紀念館

　　達拉斯的市中心相當美，不乏特殊的建築。座落在美茵街（Main St）與休士頓街交口的紅色法院興建於1892年，如今已不再是法院，而改做教學與展覽歷史文化之用，現名老紅博物館（Old Red Museum of Dallas）。

迪利廣場上旗正飄飄

這座紅色的羅馬式建築，是達拉斯古典建築物的代表，亦是市中心最吸引人目光的建築。站在博物館前往西南望去，凱悅大飯店幾何形狀的大樓造型，摩登又現代，貼滿玻璃的整棟大樓在豔陽下熠熠生輝。飯店旁邊的重逢塔（Reunion Tower），高171公尺，是達拉斯最搶眼的地標。紅色法院右邊對街，有座白色巨大的甘迺迪紀念碑，這座四方形無頂的簡單建築物，走進去空無一物，目的是要讓人進去後有與世隔絕之感，舉頭只見天，低首只見地，地上刻有甘迺迪的名號，人們可一心一意地憑弔他。往西北望去，座落在前方不遠處埃爾姆街（Elm St）與休士頓街交口處之紅磚大樓的六樓，就是甘迺迪紀念館。這一區是達拉斯的西區，是聞名遐邇的迪利廣場（Dealey Plaza），亦即是當年甘迺迪總統訪問達拉斯最後行經的地區。

　　甘迺迪總統於1963年11月22日中午時分在達拉斯被刺殺，數小時後凶手就被抓到。調查結果認為凶手是從教科書倉庫大樓的六樓窗口發射子彈，刺殺了總統。這座大樓如今已不再做為教科書倉庫，六樓被保留下來成立甘迺迪紀念館，正名是六樓紀念館（6th floor Museum）。樓下入口處有張甘迺迪遇刺前與夫人賈桂琳坐在敞篷車中與民眾微笑互動的巨型相片。其實總統座車原有防彈罩的，但為了增加親民的感覺，及讓民眾親睹總統與夫人的風采，甘迺迪吩咐隨扈特工不必加防彈罩。誰能想到一路與民眾微笑揮手的總統，正意氣風發之間竟遭到兩槍致命槍擊，而結束了傳奇的一生。

　　六樓博物館展示著甘迺迪總統的生平,從孩提時的照片到與賈姬成婚、競選總統、生兒育女後一家人在白宮的生活照等,可以很清楚地了解總統的精彩人生。他遇刺的詳細調查報告,凶手刺殺經過的模擬圖片及模型,均有展示。但這樁謀殺案的嫌疑犯奧斯瓦爾德,在兩天後被警方提訊時遭夜總會老闆傑克‧魯比槍殺,很明顯的有殺人滅口之嫌。魯比後來病死獄中,但他真正的殺人動機並未被官方披露。甘迺迪遇刺案疑點重重,官方的調查報告一直未能讓民眾信服。撲朔迷離的案情永遠是推理小說家編故事的素材,而這個謎底,眾說紛紜,卻沒有一條結論能被證明是真正的真相。時過境遷,而今來參觀紀念館的遊客不知還有幾人對尋找真相有興趣。甘迺迪在二戰期間擔任美軍軍官時,曾在南太平洋勇救落水海軍船員的英勇事蹟,我曾在現代美語教學課本上讀過。甘迺迪當政時間雖然只

左圖　甘迺迪總統遇刺前之遊街照片
右圖　六樓紀念館窗外的美麗風景

有短短的不足三年，但他的聲望甚高，總統功績排名亦在很前面。大多數的美國民眾至今仍視甘迺迪總統為最偉大的總統之一。

紀念館的七樓有一對總統與夫人的黑白巨照，這兩幅照片是由華裔攝影藝術家Alex Guofeng Cao所合成。總統的巨照是以夫人的玉照為基點合成，夫人的巨照當然是以總統的照片為基點。電腦合成的技術天衣無縫，英俊的總統與美麗大方的夫人微笑以對大眾，永遠為廣大的民眾所景仰。

從六樓紀念館的窗口往外望，迪利廣場草青樹茂，凱悅大飯店的藍色玻璃與藍天相輝映，還有流經市中心的特里尼蒂河上的幾座美麗大橋做背景。達拉斯晨報創辦人喬治迪利（George Dealey）的銅像立在廣場的正前方，兩旁是清涼的噴水池。孤星州旗及美國國旗分立在美茵街兩旁隨風飄颺，構成一幅美麗和平的城市繁榮圖。埃爾姆街上兩個悚目驚心的X標示，即是甘迺迪當年中槍的地點。誰能想到總統正被萬民歡呼的一刻就迎來了讓美國民眾碎心的下一刻。

賈姬的美麗與時尚，歷任的美國總統夫人至今無人能出其右。可惜總統遇刺後，夫人改嫁，讓這對才子佳人的童話沒能得到圓滿結果。來此參觀之人，無不欷歔詠嘆。紀念館既然存在，或許終於有一天老天會給大眾一個合情合理的交代。

《朱門恩怨》南弗克農莊

達拉斯是石油商雲集之所，城郊有許多知名農莊。最有名的莫過於拍攝電視連續劇《朱門恩怨》的南弗克農莊——SOUTHFORK RANCH，這座農莊在達拉斯以北二十五英里的派克城（Parker）。1978拍攝的《朱門恩怨》及2012的新劇皆以此農莊為背景，如今是達拉斯近郊有名的觀光景點。

　　玉琳是識途老馬，進入農莊便長驅直入開到客服中心，接著便領著我們走進《朱門恩怨》的劇情中。客服中心的禮品店後面即是朱劇的紀念館。入口處星光閃耀，紅色的霓虹燈拼出斗大的DALLAS字樣，恍惚走入好萊塢的攝影棚。劇中主要人物的巨型照片，尤鷹家族（Ewing）的家族圖表，當年有名的幾禎劇照，劇中的道具等皆有陳列。這齣劇演出長達十四年，不但是CBS電台播出最長的劇集，亦是肥皂劇的鼻祖。我當年雖非朱劇之迷，但看到這些場景，依然興奮無比。

　　農莊文化是主要的德州文化之一，一般的農莊很少開放參觀，拜拍電視劇之賜，得以一窺德州農莊風光，亦屬樂事。

　　南弗克農莊有一很體面的大門，進入農莊有條鋪上柏油的康莊大道，青翠的草坪，濃綠的行道樹，道路盡頭還有一柳蔭垂楊水禽棲息的美麗水塘。牛欄裡養著長角牛，馬廄裡圈著馬，小傑（JR）的白色大豪宅巍然立在入口的右前方。

　　這座木造白樓有5,900平方英尺，三個車位的停車房。德州乾旱，花草品種不多，屋前園中卻栽有幾株特異品種的扶桑花。這種扶桑比一般的扶桑矮小，匍匐在地，花朵卻斗大，花大葉小堪稱異種，也足見莊主選擇花卉的用心。

　　與百多年前那些古堡豪宅相比，此宅算不得大，但內部裝潢卻十分豪華。進門玄關處挑高的天花板上吊著一盞精緻豪華的水晶燈，客廳旁供客人使用的洗手間金碧輝煌，齊向訪客們炫耀著富豪。餐廳的布置亦極高貴豪華，廚房倒是雅致簡單。其他客廳家庭間等都不太誇張。露西的閨房十足的小公主擺設，巴比的房間則是一副闊少牛仔相。二樓的小傑豪華套房在劇中十分有名，臥床華美大方，浴室考究舒適，泡澡時可看雜誌喝香檳，仍是當今富豪樂於誇耀的生活方式。

　　從二樓的陽台上往下看，是後院的游泳池，往前看是廣大的牧場。德州的天寬地闊可由此稍見端倪。游泳池畔的白色鏤空桌椅常出現在劇中，老尤鷹夫婦與兩對兒子媳婦常在此用早餐喝咖啡，兩兄弟與妯娌之間卻各懷著鬼胎。

　　後院中不知舉行過多少場婚禮，每場婚禮都布滿鮮花，賓客更是盛裝而來。可惜劇中人都濫情，結了又離，離了再結，全把結婚當日的誓言當做戲言。

　　此劇熱播時，我還在理工大學挑燈苦讀，學生宿舍中沒有電視，沒聽過也沒看過。搬到阿靈頓後，租了小公寓買了電視，聞說此劇火紅，小傑與蘇愛倫、巴比與潘密拉是當年街頭巷尾熱議的人物。扭開電視卻看不懂劇情的來龍去脈，搞不清錯綜複雜的人際關係，更不能接受爾虞我詐背

左圖　朱門恩怨紀念展廳
右圖　小傑豪宅

叛欺矇的種種行為。每回不經意地看到此劇，僅只欣賞劇中的俊男美女而已，實在無法理解這些有錢人不用心的經營事業，老實做人，硬要搞得亂七八糟，卻是何苦來哉！

小傑拿著酒杯站在二樓陽台上一臉壞笑不知又要耍什麼陰謀的嘴臉，至今記憶猶深。他的成名劇《太空仙女戀》，是我小時候非常喜愛的劇集，更愛他在劇中的忠厚老實。沒想到他到了達拉斯劇中就搖身一變，成了深沉耍心機的石油人亨。

匆匆四十年過去，2012年朱門恩怨的新劇亦已落幕，小傑已辭世多年。如果將來此劇再重拍，尤鷹與巴恩家族是否還是一代一代的鬥爭下去？還是人們會因此得到啟發，化干戈為玉帛，改互鬥為互助？

且不管劇中人物的恩怨情仇，南弗克農莊確是值得遊覽之地。不論是體驗一下石油大亨的生活，看看露西的結婚禮服及老尤鷹的林肯轎車等。還有參觀牛欄裡的長角牛，或在莊園中隨意走走，都能使我的好奇心得到滿足。

在達拉斯嘗德州美食

在德州住過四年半，當年對那裡的飲食特色並無體驗。德州佬粗獷不擅烹調，烤一塊沒有調味的牛排，蘸上牛排醬就是美味大餐。在德州居住時，想要打牙祭，還是上中餐館，從來不知有什麼好吃的西餐廳。

剛下飛機，玉琳便領著我們來到L*W餐廳。遠遠的看到餐廳質樸鄉土的建築及牆上的孤星州旗，便覺親切。門前的小花園中陳列著古老的農具，牛車上亦漆著孤星旗。離開德州多年，忽然又見孤星，真是莫名的興奮。

　　餐廳的陳設，很有德州的風味與特色，建材都用原色的石材與木料，粗獷原始。一盞大吊燈居然全用白色鹿角裝飾，雖然別緻卻透露出德州人好打獵的特性。

　　此餐廳的啤酒非常好喝，帶有果香。我們完全沒有點菜的概念，全靠玉琳決定。先上來一盤綜合開胃小吃，有墨西哥炸春捲、炸馬鈴薯、酥炸四季豆、墨西哥起司餡餅。這些雖是尋常小吃，但他們搭配的酪梨醬與酸奶醬味道絕佳，蘸醬而食，便成了滋味獨特的美食了。德州食物受墨西哥影響很大，以前讀書時代在學生宿舍吃住，最怕吃墨西哥食物，尤其無法接受他們所用香料的怪味，每當供應墨西哥食物時，便餓著肚子回宿舍吃泡麵。離開學校後發現一般餐館的墨西哥食物並沒有像學校裡的那麼難吃，當然最關鍵就是大部分的美式墨西哥餐廳並不加那種可怕的香料，調製的醬料多有改善，即使是吃慣醬油的東方人也多能接受。

　　玉琳又為我們點了烤豬排，這份量大得驚人，足夠四人享用。豬排調理過再烤，味道又香又濃，不必沾任何醬料已滋味足夠了。一頓飯吃得我們讚不絕口。玉琳說她搬來達拉斯多年，這家餐廳是她最喜愛的餐廳，價錢又公道。感激她的熱情，讓我們的達拉斯之行吃好玩好，回味無窮。

德州傳奇加爾維斯頓

在德州理工大學讀書時，常聽同學們提起休士頓東南方濱海的小城加爾維斯頓（Galveston）非常有特色。每回假期結束，便聽到從加爾維斯頓度假歸來的老美同學，津津樂道在濱海遊樂場坐雲霄飛車，到海邊抓螃蟹，在古城老街上享用美食，真讓人聽得羨慕不已。當年阮囊羞澀，又沒有車，假期忙著打工賺學費，度假對我來說是天方夜譚！

2020年二月初我們參加遊輪皇家加勒比海號墨西哥灣之旅，碰巧在加爾維斯頓上船，於是特地提早一天到達，以便順道遊覽這座德州名城。離開德州一恍三十八年，終於來到了慕名已久的加爾維斯頓。

加爾維斯頓（以下簡稱加城）是一座島嶼，北面是加爾維斯頓海灣，南面是浩瀚的墨西哥灣。這座島在地圖上看來好似加爾維斯頓海灣的一道堤防，將海灣與墨西哥灣隔開。海灣的頂端是休士頓，從休士頓走45號高速公路到德克薩斯城過跨海大橋就抵達加城。

歷史名城：緬懷傳奇故事

西班牙將軍加爾維斯於十八世紀中業（約1750年前後）開始在島上殖民，因此這座島便以他的名字命名。加爾維斯繼續經營路易斯安那及古巴的殖民，無暇治理加城，此島因此被法國海盜佔領，一度淪為海盜王國。

十九世紀初海盜王幫著墨西哥抵抗西班牙，在墨西哥脫離西班牙獨立後，墨西哥政府於1825年在加城建造了港口，接著設立了海關。1836年德州發生革命，成功地脫離墨西哥獨立，並成立了德州共和國，定都加爾維斯頓。做為德州首都，加城不但是北美洲最大的港口之一，並且是德州第一大城，亦是全世界的棉花貿易重鎮，當時的加城雄霸墨西哥灣號稱海灣女王（Queen City of the Gulf），極其風光。1845年12月29日德州加盟美利堅共和國，成為美國第二十八州，從此德州共和國結束。加城在十九世紀中業繼續蓬勃發展，是德州的政治經濟與文化中心。到了十九世紀末，市中心的Strand Street非常繁榮，成為美國南方的經濟貿易重地，號稱「南方華爾街」。

　　天有不測風雲，就在邁入二十世紀的這一年，1900年，加城發生毀滅性的颶風，造成大約6000人喪身。城裡大部分的建築物都被狂風巨浪摧毀，港口被迫關閉。颶風過後，由於整座島嶼破壞嚴重，修復困難，船隻的來往與上下貨只得停泊在對岸的內陸港德克薩斯（Texas City）。二十世紀初，德州發現石油，經濟上突飛猛漲，一時間德州富裕了。可惜颶風的陰影仍然籠罩著加城，致使投資人卻步，因此德州的經濟及商業重心漸漸移往內陸。不但德克薩斯城很快的取代了加城成為德州的重要港口，休士頓更發展成德州的第一大城。

　　經濟發展停頓後，熱錢仍不斷湧進，加城在十九世中葉發展城南方賭城。紙醉金迷之下，走私、賭博、犯罪，充斥城中，成了殺手醉漢的聚集處。後來德州司法機關大力整頓加城，取締賭場，打擊犯罪，加強治安，賭博王國因此被粉碎。賭場歇業後，加城的經濟大為衰退，幸因地理位置得天獨厚，市府逐往觀光旅遊業發展並獲得很大的成功。

左圖　Strand古街像老西部片中的街道
右圖　加爾維斯頓的美麗壁畫

Strand歷史古街，風韻猶存

　　老城區的Strand歷史古街，是兩世紀前德州最繁榮的區域。當年的南方華爾街大樓，仍是街上的地標，兩棟相連的文藝復興式建築，古香古色傲立街頭依然展現著當年的繁華。街上的建築都很古老，就像老西部片中的街道場景，彷彿看到兩百年前的荒野大鏢客策馬而來。每家商店的裝潢皆很有藝術創意，不論是咖啡廳、冰淇淋店或糖果店等，店面設計皆美輪美奐各具特色。買杯咖啡，在街上閒逛，慢慢品味懷舊，取景拍照，樂趣無窮。

　　街上除了建築漂亮，還多壁畫。許多商店的牆壁及側面，皆畫得滿滿的彩繪圖畫。所有的壁畫幾乎皆以海洋為主題，沙灘、海浪、帆船、海底世界，無不洋溢著南方海島的熱情，色彩尤其鮮豔活潑。五彩斑斕的美麗

壁畫把街景裝扮得熱鬧浪漫，亦增添了老街的藝術氣習。沿街欣賞壁畫，
是遊老城區的另一亮點。

聖心教堂與主教宮：見證建築藝術

　　從老城區走哥倫布街（亦即14街）往南，大約十幾分鐘便到達墨西
哥灣的濱海公路。一路上有多棟兩百多年老的維多利亞式豪華別墅，是
當年的政治家或棉花商的故居，如今皆列為古蹟受到保護。百老匯大道
（Broadway）上的聖心天主教堂（Sacred Heart Catholic Church）隔著
14街與主教宮相對，這兩座建築均是城中非常有名的地標。聖心教堂始建
於1884年，原本的風格是法國羅曼式。1900年的颶風摧毀了大部分的教
堂，教會募集資金後再歷時兩年於1904年才修復。重建的教堂是純白色，
好似座精雕細琢的白玉宮殿。八角型的塔樓、洋蔥頭的穹頂，風格上居然
融合了拜占庭、哥德與羅曼式，造型精緻華麗並予人有聖潔之感。

　　主教宮建於1892年，是棟石頭建造的豪華維多利亞式建築。屋主原是
加城的律師與政治家瓦特格雷斯漢（Walter Gresham），他與妻子及九位

左圖　南方華爾街大樓
右圖　聖心天主教堂

子女曾居住於此。不知什麼原因,全家他遷。由於教堂就在對街,1923年
被當時的主教買下當做住所。後因主教辦公室搬到休士頓,主教宮無人居
住,逐被加城的歷史基金會接管。如今這座美麗的歷史建築是加城的一道
觀光景點,可購票入內參觀。

　　值得一提的是南方華爾街大樓、聖心教堂與主教宮,皆是同一位建築
師設計。建築師Nicholas Clayton,非常有才華,設計的建築各有不同的
風格,遙想當年定是赫赫有名。他的設計,亦為加城昔日輝煌的歷史留下
最美好的見證。

濱海美景:歌曲流傳

　　為了防止颶風再度發生,島上最寬大的公路,濱海公路(Seawall Blvd)
旁,沿著墨西哥灣建有一道十六公里長的防洪海牆(Galveston Seawall)。
順著樓梯走下海牆,就是沙灘。德州天暖,從春末到中秋,至少有半年的
時間可以游泳弄潮,滑水駕船,做各種水上活動。即使在冬季,加城並不
寒冷,仍可走在沙灘上,晨看日出,晚觀日落,悠閒地度假。沿著海灣大

左圖　主教宮
右圖　濱海樂園

道向西走，不遠處就是濱海樂園。那裡有各種各樣的雲霄飛車，是年輕人的天堂，也是親子同樂的樂園。

　　音樂家吉米韋伯（Jimmy Webb）於1969作的鄉村歌曲〈Galveston〉由鄉村歌手格蘭坎貝（Glen Campbell）主唱。此曲在當年十分轟動，在美國與加拿大的鄉村歌曲排行榜中均拿下第一。此曲輕鬆活潑，歌詞十分感人，講述一名加城的年輕人，離家去當兵，在戰地思念他的情人。在戰場，他時時難忘離開加爾維斯頓當天的情景。海風吹，海浪激起浪花，獨木舟在衝浪，女友站在海邊睜著黑亮的眼睛凝視著他，那時她只有二十一歲。每當他擦槍上陣時，就會想起她，夢想著她的美麗倩影仍站在海邊等待他。

　　這首歌曲流行之時，美國正在打越戰。多少青年離鄉背井遠赴戰場，亦不知能否安然還鄉。此曲雖具反戰意味，卻以輕快曲調唱出。歌曲著重於思念情人的溫馨，及懷念故鄉的海景之美。至於主人翁是否能打勝仗平安歸來，女朋友是否等待而不移情別戀，就讓聽歌的人自己去猜想了。

　　加城從海盜王國，搖身一變成為德州共和國首府，再發展成南方華爾街，堪稱幾世傳奇。一場強烈颱風不但洗去了城中所有的繁華，更不幸讓加城淪為罪惡賭城。欣見加城浴火重生改頭換面，蛻變成美麗悠閒的觀光小鎮。而她精彩的歷史背景，亦永遠為她的光彩加持。

阿拉斯加第一城：科奇坎

　　我特別喜歡一些古樸典雅的小城，小城的人口不要多，但要有些歷史；建築物不能太新，但要有特色。天氣也不要太熱，要給人一種悠閒且生活節拍比較慢的感覺。來到阿拉斯加的科奇坎（Ketchikan），我立刻愛上了這個城市，因為我在這座美麗的小山城裡找到了我喜歡的那種感覺。

　　阿拉斯加的地圖有如一只長柄鍋，東南方那狹長的一片土地俗稱「鍋之長柄（pan handle）」。長柄之旁是一片成千上百的島嶼，科奇坎（Ketchikan）即座落在美加交界的一個島嶼上。要走訪阿拉斯加，不論走水路或陸路，最先碰到的城市就是科奇坎，故而它有「阿拉斯加第一城」的美譽，它也是由加拿大進入阿拉斯加的門戶。根據官方的數據，它的人口大約有一萬四千人。漁業與木材業原是科奇坎的主要經濟來源，一九八零年代木材工廠陸續關閉。適時巨大的郵輪相繼問世，阿拉斯加內灣道很快的成為旅遊熱線，科奇坎自然是駛往阿拉斯加的郵輪（亦即遊輪）停泊的第一個港口，於是旅遊業為它帶來了新的契機。

鮭魚之都別有風情

　　科奇坎依山面海，海灣中停靠許多捕魚船。城裡多半是十九世紀末期風味的建築物，A字型屋頂，漆著不同顏色的木造樓宇古意盎然。房舍依

著天然的丘陵地建得高低遠近參差有致，一派小漁港的景象。由於終年多雨，山腰上雲霧飄渺，再加上山頭上一片積雪，整個城市看來溼溼潤潤有種獨特的風情。

　　冬日的嚴寒與夏日偏低的氣溫，四周環繞著冰涼的海水，造成利於鮭魚生長的環境，因此科奇坎野生鮭魚的產量乃世界之冠，有鮭魚之都的封號。百多年來，阿拉斯加的野生鮭魚一直名揚四海，當年就是為了在此設立鮭魚罐頭工廠，才吸引了大批的白人移民。貫穿小城的科奇坎溪也就是鮭魚洄遊的河道，每年秋天鮭魚成群結隊溯溪而上，游過城中心，游入山區回到它們出生的地方，那時苦等了大半年的黑熊會傾巢而出守在溪旁，捕捉那些筋疲力竭的鮭魚飽餐一番，可憐的鮭魚要如何躲過魔掌，安全的將卵產下呢？可惜我們來的季節不對，無緣看到那場為延續生命而奮鬥的大自然間的奇景。

古樸浪漫的小溪街

　　沿著科奇坎溪有一條城裡最美最有名的小溪街（Creek Street），小溪街也可說是條架設在溪流中的溪街。兩旁多是維多利亞風格的鄉下小屋（Victorian cottage），每棟小屋似乎都向你訴說著它的歷史，由於它們的設計與顏色各自不同，五顏六色的懸在河上，顯得十分浪漫。據說小溪街原是紅燈區，五十年前那裡是夜夜笙歌，礦工、漁夫、伐木工人、水手、甚至城裡人都在那買醉，在那尋歡作樂。而如今的小溪街已改為餐館與商店林立的商業街，遊客可以在這兒盡情的採購土產，也可以在這裡享用一頓道地的阿拉斯加美食。

　　綠色的朵利屋（Dolly's House）是1920年代，一位名為「朵利」的女子經營的酒家，如今已改為博物館。據說那時的科奇坎不准賣酒，而朵利

屋卻能違法賣酒，就連警察也從不干涉，一位經營酒家的女子竟有這樣的通天本事。她終身未嫁，為人樂善好施幫助過許多貧困的異鄉客，所以普獲當地人們的敬重，她的故事聽來頗為戲劇化。朵利屋裡所有的擺設，從窗簾到床櫃都完全保留原樣，供人追憶朵利神祕傳奇的一生。

伐木工人各顯神通

阿拉斯加土地上覆蓋了廣大的原始森林，科奇坎的木材資源豐富，原本是木材重鎮。無奈鮭魚業者責怪伐木業破壞鮭魚生態。一九七零年代以後，木材工廠相繼被迫關閉，伐木工人不是轉行做漁夫就是投身旅遊業，

左圖　阿拉斯加第一城：科奇坎
右圖　古樸浪漫的小溪街

於是木材業大亨建造了一所露天劇院，演出「Lumberjack Show」以展現當年伐木工人的所有絕活。

　　來到科奇坎，Lumberjack秀是不可不看的。這是場伐木工人競技大賽的表演，與賽的隊伍只有兩支——美國隊與加拿大隊。兩隊從用原始的斧頭砍樹、鋸子鋸木、到電鋸鋸樹，再到爬樹競技與浮木功夫等，演員使出混身解數賣力演出，詼諧有趣頗有看頭。結果兩隊互有勝負，觀眾看的是熱鬧倒並不關心誰輸誰贏。

水鴨之旅

　　水陸兩用的鴨子車，既可在公路上奔馳又可在水上航行，的確是非常吸引人的旅遊工具。我們一家在城中心逛街時，臨時起意參加了水鴨之旅（Duck tour）。

　　車上的導遊是一位原住民，腦後束了條大辮子，說起話來簡潔有力，一副識途老馬深悉此地歷史文化的架式。車子穿過市中心來到科奇坎溪旁，沿溪北行，南邊遙遙望見風情萬種的小溪街，導遊指著溪的東邊說那兒就是科奇坎著名的圖騰遺產中心。科奇坎是阿拉斯加圖騰柱最多的城市，原住民喜歡在原木上雕刻各種圖案豎立圖騰柱，柱上刻著酷似京劇臉譜的圖騰，柱頂上則多半雕著一隻白頭白尾鷹，或雕成鷹嘴人面像，這就是原住民的圖騰崇拜。

　　再往北行來到入山口也就是鮭魚洄游的天梯，此處是一落差約兩三公尺的斜坡，溪水自坡上順勢洩下形成一處激流急湍，溪裡的巨石有如天然階梯。鮭魚逆水而上，到達此處是最大的挑戰，牠需要跳出水面奮力躍過階梯才能回到老家，而不事生產的黑熊就等在這裡伺機掠取牠們的食物，

所以鮭魚要跳得快跳得準，才能完成繁殖後代的壯舉。

　　車子回到山下來到城郊的漁人碼頭便一躍而入水中，汽車立刻成了汽船在海港中航行，科奇坎城被我們遠遠地拋在後頭，泊在遊輪碼頭的巨大遊輪此時變得好渺小已可一覽無遺。一隻巨鷹從我們頭頂上飛過，張開的巨翅彷彿遮住了半個天空，還來不及準備好相機，它已衝入雲霄失去蹤影。小汽船很快的在港口中繞了一圈，我們看到了港中無人島上築在參天老樹上的老鷹巢，也領略了乘風破浪的快意。

山城如畫裡，雲雪添暮色

　　黃昏時我們回到遊輪，結束了愉快的一天。阿拉斯加的海岸多是高聳千呎的懸崖絕壁，難得此地有一塊小小的丘陵地便形成了一座小城。科奇坎沒有高樓大廈，我們乘坐的遊輪即是城裡最高的建築物。當這個龐然大物緩緩駛離港口時，我站在十一樓的甲板上，遙望科奇坎，天又飄起了小雨，雖然是六月暑天此地卻是陰冷刺骨，那山上的雲霧更濃了，簇擁著山頭白雪，掩映著建在山坡上的房舍，暮色中更覺科奇坎美麗如畫。

左圖　科奇坎的圖騰遺產中心
右圖　科奇坎的港口

朱諾城的夏天

　　走過很多依山傍海的城市，但很少像朱諾城（Juneau）這樣，海是曲折的峽灣，山是高聳入雲的雪山。從十一樓高的遊輪上遙看朱諾城，所有的建築物都掩映在綠蔭之中，遠山上點點未融化的白雪點綴在墨綠的山峰之上，山頭雲霧飄渺，交織成一幅迷人的山城美景。做為阿拉斯加的首府，朱諾城並沒有大城市的氣派，即使它的州政府大樓，也不過是一棟不起眼的長方型四層小樓。它好似隱藏在峽灣中的深閨小鎮。樸實無華，卻清麗動人。

　　生長在亞熱帶的寶島台灣，由於冬天不下雪，格外的嚮往冰雪世界。旅居北美多年，冰雪雖已不再稀奇，卻想看更深更厚的冰，腦中常幻想著萬年冰河的影子。一直不能了解冰河與高山上的萬年積雪有什麼不同，於是我抱著好奇之心來到朱諾城來看冰河。朱諾城附近有兩個冰河，一個是七十英里以南的梭伊爾冰河（Sawyer Glacier），一個是城郊的曼登霍（Mendenhall）冰河。

　　遊輪進入阿拉斯加的內灣道，經過了一個又一個的島嶼終於泊在朱諾港口，港口的對面是淘金熱時期有名的道格拉斯島，島上至今仍有礦脈遺跡。朱諾城與道格拉斯市中心，隔著海峽遙遙相對。遊輪停泊處，對面就是商業街。城裡建築物的設計非常新穎，色彩多變，街道整齊，地上一塵不染，真是一處逛街閒晃的好地方。朱諾只有夏天不下雪，但仍然微寒，

感覺如初春般的料峭。令人驚訝的是城裡的街道旁處處花團錦簇，別處早已是三春過後諸芳盡，此地的鬱金香、鳶尾、洋水仙等春花，仍開得燦燦爛爛。嚴格說起來阿拉斯加只有春冬兩季，這裡的夏天勝似鶯飛草長的暮春三月。

城郊的山坡上有座冰河公園，公園裡滿山遍野的山杜鵑，姚黃粉白，開得滿樹滿枝。其他的奇花異草，株株開得又大又艷，正是滿園春色花似錦，姹紫嫣紅開遍。從公園中可遙見朱諾城包圍在靜謐無波的海水中，岸邊泊著我們乘坐的遊輪。由於天氣陰涼，城中的屋舍樓宇迷迷濛濛如在煙霧中。對岸島上，白雪覆頂的高山有如朱諾城的屏障，將它襯托得美麗如畫，讓人為它著迷不已。

朱諾城最迷人的地方，還是那兩座冰河。一萬多年前，地球還處在最後一次的冰河期，那時廣袤的阿拉斯加大地完全被冰雪覆蓋。後來地球突然回暖，冰原驟然解凍，那排山倒海般的驚濤巨流沖破了山谷，有如自天而降的神斧將阿拉斯加的東南沿岸切出了無數的峽灣、海溝。那些沒有被洪流沖入海裡的頑強山陵，遂成了羅列於海岸邊成千上百的島嶼，而當時在山溝中沒有融化的萬年積雪，成了今日的冰河。我遍查資料勉強搞懂，

左圖　朱諾城市中心的商業街
右圖　花團錦簇的冰河花園

冰河之所以稱之為河，是因為它會流動。由於上游的冰塊往前推壓，下游的冰被擠得崩裂，碎成大小不一的冰山漂浮於海上。

到了朱諾城一定要去看看有北美最美麗的峽灣之稱的崔西峽灣（Tracy Arm Fjord），而峽灣的盡頭即是有名的梭伊爾冰河——Sawyer，有兩重意思，可解作伐木工人，也可解作漂流於水中的木頭。阿拉斯加森林資源豐富，早期伐木業非常發達，木頭被工人鋸下後成排的浮在水中，一個英文字生動的刻劃了當年賴以繁榮經濟的景況。朱諾城南邊之處有一名為荷肯（Holkam Bay）的海灣，那海灣是兩條狹長的峽灣之入口，如果將阿拉斯加灣比做巨人，荷肯灣就是巨人的胸膛，這兩條峽灣則好似巨人的雙臂一左一右擁抱著阿拉斯加連綿不盡的雪山，崔西峽灣就是巨人的左臂。峽灣兩旁壁立千仞，流泉無數，懸崖上時有一條銀練急瀉而下形成美麗的瀑布。海水中到處漂浮著冰岩冰山，冰上時見海狗海獺棲息其上，或見海豚跳躍戲水，偶見鯨魚噴水翻浪而過，真看不盡的大海奇觀。當冰河出現在視線中時，全船驚呼，沒想到冰河是這樣的高大，它的入海處有一百多英呎高，如一堵冰崖峭壁。河面寬逾一英里，河上高低不平，似波浪般起伏的嶙峋冰尖好似鋒利的玻璃插在冰河上。原來冰河是藍色的，導遊解釋說，因為藍光無法被厚逾數十尺的堅冰所吸收，光色反射出來之故。

聽說有些酒店到冰河裡切萬年冰塊，放在雞尾酒中，冰塊化時凝在冰中萬年前的空氣即刻釋放出來，喝酒的人當場可以呼息到萬年前純淨的空氣。五千年文化的子民，吸著萬年前的空氣，那該是多美妙的事。可惜我遍尋不出這樣的酒吧。

遊輪離開梭伊爾冰河時，實在讓人戀戀不捨。好在朱諾城郊的曼登霍冰河搭公共汽車即可到達，次日我們便搭車前往。與隱藏在崇山冰海中之梭伊爾冰河不同的是，曼登霍冰河地處內陸小湖旁，自遊客中心遠望，萬

左圖　曼登霍冰河
右圖　梭伊爾冰河

丈紅塵就在目前。冰河下游的冰崖被一塊塊的推入湖中，兩個女兒租了艘獨木舟，划到冰河前。我則攀岩越嶺爬到冰河附近，若非前路不通，真想爬上冰河去踩踩萬年前的冰塊。

由於地球暖化的現象，每年冰河上游沉積的冰量低於下游崩坍的量，阿拉斯加的冰河多半在慢慢的消退中。近六十年來，曼登霍冰河已消失了一個立方英里，以後的冰河會越來越窄，亦將越來越不壯觀，終將消失不見。思念至此，不由打了一個冷顫。但願全人類能互助合作，通力避免地球暖化的現象。

遊輪緩緩地離開朱諾城時已是子夜，城裡萬家燈火，後山上一閃一閃的燈光有如星星般散落在漆黑的山林間，這時反而顯出了它的繁華。別了美麗的冰河之都，我遺憾沒有機會去割塊萬年冰塊，或許下回再來，坐直升機到冰河頂上，敲一塊冰，吸一口萬年前的空氣。

雪山下的鬼鎮

　　來到岱牙（Dyea）海岸的鬼鎮，純屬意料之外。一家人搭遊輪到阿拉斯加旅遊，每到一站，都預先在船上研究下船後的活動，希望去些較特殊的景點，做些前所未有的嘗試。到了司卡桂城（Skagway），大女兒建議去乘坐狗橇，讓狗拉著我們在荒野裡跑，佯做一回十九世紀末的淘金客。乘狗橇的地點在司卡桂城郊的岱牙鎮，如今叫做鬼鎮。美國的鬼鎮不少，許多鬼鎮並拓展為觀光景點。以前不了解鬼鎮的緣由，以為起因於那個地區鬧鬼，居民搬空所致。我曾以為被吸引前去之人，若非膽大包天不怕鬼就是在好奇心趨使之下去一探究竟。後來才瞭解，原來所謂鬼鎮，大多因經濟因素，居民無以為生，遷往別處去討生活，造成人去屋空的情形。

　　岱牙鎮原本是荒無人煙之地，只因1896年阿拉斯加淘金熱，十多萬名的淘金客從世界各地乘船在岱牙海岸上岸。一時間，商店客棧酒吧如雨後春筍般竄出在小鎮上。不過三年時間，黃金淘盡，客人不再來，店鋪歇業，人去鎮空。一百多年後的今天，鎮上只有三位真正的永久居民。當年的繁華完全煙消雲散，如今已恢復到淘金熱之前的一片荒原蔓草。

　　從司卡桂到岱牙鎮有一個多鐘頭的車程，公路沿著海岸，直直的往雪山腳下開去。車到地頭，馴狗師對大家說明注意事項，分配大家上車。夏季草原無雪，狗兒們拉的是四輪六座敞篷車。十六隻哈士奇犬套在韁繩

中，在馴狗師的一聲吆喝下開始狂奔。狗橇如風般地穿梭在當年岱牙鎮最
繁榮的區域，供人緬懷當年淘金熱的遺跡，然而除了一條蜿蜒的碎石子路
以外，兩旁是濃綠茂密幽邃無際的森林，根本想像不出此地曾經繁華過。
走到中途，馴狗師讓狗隊停下休息，路邊已預備好水桶供狗兒們喝水。所
有的狗狗都累得氣喘噓噓，吐舌狂飲。馴狗師再度一聲令下，狗兒又開始
狂奔。我們看到狗兒這般辛苦，真覺萬般不忍，恨不得早點到達目的地。
還好行程不長，回到營地，狗狗們埋頭喝完水，若非累趴在地，便是吐舌
喘氣。大女兒說，早知是這樣情形，就不會來坐狗橇，如今覺得自己是虐
待動物的幫凶。小女兒天真，跑去撫摸著一隻狗頭說：對不起，讓你們辛
苦了。

　　阿拉斯加種的哈士奇犬對人非常友善，據說牠們活潑好動善跑。由於
牠們的習性，不但適合拉雪橇，還聽說牠們很喜歡拉雪橇，因為這樣可以

左圖　等待拖車的狗隊
右圖　搭乘狗橇車

讓牠們消耗掉用不完的精力。如今親眼看到，覺得傳聞未必真實。哪一隻狗不喜歡依偎在主人身邊受寵愛，誰願意來拉車受苦。

除了老公，我們母女都看過傑克倫敦的名著《野性的呼喚》。書中的拉橇狗大都是馴服在馴狗師的棍棒之下，而乖乖的聽話工作。我們看到那套在韁繩中張張茫然無辜的狗臉，想起倫敦筆下那隻被主人的園丁盜賣到阿拉斯加被迫拉雪橇的巴克。這隻聖伯納種與蘇格蘭牧羊犬的混血狗，離開加州聖塔克拉拉（Santa Clara）溫暖的家後，在冰天雪地裡成了勞役狗，挨凍受餓做苦工，眼看著同伴一隻隻倒下，牠卻以堅忍的毅力活下來。經過受傷、轉賣、遇救，最後幸運地逃入山林與狼為伍得到了自由，但牠是永遠回不了老家的，寵愛他的主人也永遠不會知道牠的下落。在淘金熱潮的時代，每年有七八個月都被冰雪封凍的阿拉斯加大地，狗橇是唯一的交通工具。那時土產的哈士奇犬不敷使用，於是許多身強體健的大狗都被收購而來。今天，我在這裡看到的上百隻拉橇狗中，的確有多隻似牧羊犬的混血狗。看來倫敦雖是編故事的高手，情節也非空穴來風，靈感亦是從事實中激發而來。

馴狗師催促我們離開狗群，領我們到一棟木造的接待中心，木屋裡瀰漫著濃濃的熱巧克力香，服務員殷勤地為每人遞上一杯。在野地裡受了半天凍，一杯熱飲溫暖了全身，不由衷心感激接待中心的體貼。馴狗師介紹，這裡的工作人員都是熱愛自然喜歡冒險的大學生，暑假來到此地打工。他、以及其他的馴狗師也都不是永久居民，因為喜歡狗自願來此工作，夏天過後又會離去，明年可能也不會再來。難怪岱牙鎮牌上寫著居民三人，他們，都是過客。

接著，馴狗師帶領我們參觀拉橇狗的繁殖基地。幼小的哈士奇犬，非常惹人喜愛，女兒們各抱起一隻小狗，愛憐地撫摸親吻，恨不能抱回家去

豢養。想到這些狗長大後，又要跟牠們的父母一樣受人奴役，夏季在這裡拉車，冬季到安克志去拉雪橇，終生勞苦，不覺為狗兒的命運嘆息。人各有命，狗命也各自不同，牠們是被人養來勞動的，就跟古時養牛種田一樣。只是這些狗身量不大，頂多五六十磅重，小小的軀體，要承受這麼大的重力，如何叫人不心疼，我不由長嘆一聲！馴狗師卻信誓旦旦的保證，他們都非常愛護狗，絕對不會像《野性的呼喚》中的那些人虐待狗。但願如此，或許真是我們母女多慮了。

　　回程時，司機特地在太牙（Taiya River）河口停車，讓我憑弔當年淘金客上岸的河口。那時大批的淘金客上岸後，便到岱牙鎮採辦各種裝備，買雪橇買狗買食物。一切準備就緒，就讓狗群拖著雪橇，取道Chikoot Trail翻過雪山，橫過冰河往道生城（Dawson）的Klondike金礦去，這裡是前往礦區最近的一條路，距離五百英里。當年來淘金的十萬人中，成功抵達道生城的不足四萬人，荷金歸來者不過四千人。瘋狂的淘金客為了追求黃金夢不畏生死挺而走險，為的是一舉成功變富

上圖　可愛的小雪橇狗
中圖　太牙河口
下圖　雪山荒原

戶。金錢的誘惑，古今皆然。然而生命誠可貴，若能像陶淵明那樣淡泊人生，躬耕於田畝，生活怎麼樣都過得下去，又何必為尋黃金而枉送性命呢？

　　1898年三月Chikoot山道上發生數次雪崩，不知埋葬掉多少條生命。因此美國政府在鄰近的司卡桂城另外開闢了白山道（White Pass），取道Chikoot山道的淘金客急驟減少。岱牙海岸的水淺只適於停泊小船，反之司卡桂的水深適合建造深水海港，於是所有的經濟貿易都移到了司卡桂。到了1903年，岱牙的人口只剩下六人。百年來太牙河數次氾濫改道，沖走了岱牙鎮上所有的建築物，歷史遺跡上什麼也看不到，只見數隻白頭老鷹在空中盤旋。

　　站在岱牙海岸往西望去是一望無際銀藍色冰冷的海水，北面一片草原伸展到雪山之下，山下就是我們方才乘狗橇之處。當年的淘金客就是要翻過這座雪山，沿著山溝奔向那生死難料的艱難旅程。太牙河清冷的河水，從雪山下悠悠的流入海中，季節未到，此時看不到鮭魚洄游，見不到覓食黑熊，只有綠草叢中美麗的野生鳶尾花迎風飄搖著一片紫豔。我對大女兒說謝謝她的選擇，讓媽媽有機會印證《野性的呼喚》一書裡的許多場景。尤其是來到這裡，我才真正的欣賞到阿拉斯加的荒原之美，感受了鬼鎮的興衰，體會到貪慾的可怕。悲壯的淘金史尚離去不遠，更能讓人領悟到世間的禍福難料，命運並非屈指可算。活著！就該感恩了。

暢遊溫哥華・山海任遨遊

　　二十四年前，我曾經帶著父母與女兒參加旅行團走馬看花溫哥華。當年對溫哥華留下了非常好的印象。藉著到溫哥華參加海華女作協的年會，我特地提前四天到，打算好好看看這座城市。

　　老公是第一次來溫哥華，原先還質疑，逛一座城市兩天就夠了吧！有必要待這麼久嗎？然而四天玩下來，離開時卻意猶未盡，他依依不捨地說若下次再來時，我們住他個兩星期，再好好地玩玩。

　　海港是造就一座大城市的基礎，溫哥華不但臨海還靠山，再加上氣候溫和，自然而然發展成繁榮大城。她所在的加拿大卑詩省（**British Columbia**），正確中譯應該是英屬哥倫比亞。卑詩二字是音譯，卻成了正式的俗稱。雖是英屬，但當地人的口音與加州很接近，英國腔反而並不重。

　　在溫哥華自由行很方便，搭**Sky Train**[5]上天入地、遊山看海，山海之中任你遨遊。短短的四天我們也只能匆匆走過市中心，去了北溫哥華與西溫哥華，然而城裡城外景點多不勝數，只能憑著緣分挑上幾處去遊玩。

---

[5]　SkyTrain，位於大溫哥華地區的輕型快速運輸系統。

五帆廣場

加拿大廣場（Canada Place）的五帆是溫哥華最有名的地標，一般人多叫此地為五帆廣場。五張白帆在三層樓高的屋頂上迎海而立，襯托它的是碧海藍天，乍看之下還真以為有艘超級大帆船泊在港口。此處是溫哥華的郵輪碼頭，南來北往的郵輪都在此停泊，數日後我也要在這裡搭乘挪威太陽號去南加州的聖地牙哥。

據導遊說此地原是加拿大太平洋鐵路公司的碼頭B及C。加拿大的貿易商品在此地卸貨，然後上船轉運到世界各地。為什麼要在這裡建五張白帆呢？只知這是加拿大名設計公司與名建築公司所合作承建的，是紀念以前貨船在此揚帆遠征？或純粹為了設計之美，要與澳洲的雪梨歌劇院比美？我後來上網查詢，亦沒找到緣由，只能猜想兩者都有可能吧！

我們在五帆大樓裡的IMAX 3D影院看了一場《飛越加拿大（Fly over Canada）》。從溫哥華飛過洛磯雪山到多倫多，看尼加拉瓜大瀑布，再到黃刀鎮看北極光。加拿大幅員廣大，人口稀少，資源豐富，又有雄奇大山，奔騰大水，絕地極光。得天獨厚的無限美景，看得令人稱羨不已。

左圖　與父母遊溫哥華
右圖　加拿大廣場上的五帆

在五帆廣場看海，景色確實不俗，港灣的對岸是一抹青山，山頭煙籠霧鎖，隱隱還見到山後有山，又好似一山還另有一山高。五帆之旁是雄偉的汎太平洋酒店，前面是溫哥華世貿中心。這一區的建築新穎美觀，街道一塵不染，行人秩序井然。對街的嶄新大樓裡有一條美食街，大樓外遍植花草，噴水池飛珠湧泉，流著動聽的水聲。很少大城市的中心這麼乾淨又不喧嘩的。

廣場的改建主要是因應1986年在溫哥華舉辦的世界博覽會，盛會過後，依然是城裡最亮眼的觀光區。往西北方向走去，會看到另一個廣場，上有2010年冬季奧運會的火炬。這座偌大的廣場，展示著溫哥華在四分之一個世紀中舉辦的兩場世界級盛會。加拿大自1867年成立聯邦政府以來不足一百五十年，也無怪溫哥華給人的感覺，是這麼的「新」。

蒸汽鐘

二十幾年前遊溫哥華，就覺她的市中心很美，對那座蒸氣鐘的印象尤其深刻。這回自由行，一張地圖在手，才知蒸汽鐘所在的煤氣鎮（Gastown）就在五帆廣場東面不遠處。這座直立的蒸汽鐘，位於水街（Water）與甘比街（Cambie）的交口，古意的造型呈現出老式古董鐘的味道。這座鐘，每十五分鐘，放出蒸氣發出鐘聲。上回於聖誕假期中在白天到來，那日溫哥華剛下過一場雪，蒸氣放出來時在灰濛濛的冷空氣中，一股白煙伴著鐘聲裊裊上升，竟有空濛虛無之感，恍惚是從亙古時代傳來了遙遠的聖誕鐘聲，那記憶永難磨滅。這一回是夜遊，街上已有許多遊客在等待，竟然還有一對新人在拍婚紗照。時間一到，隨著鐘聲的響起，蒸氣從古老的時鐘頂上冒出，大股的白煙在夜空中旋轉擴散，黑白分明，感

覺到煙的真實，鐘聲的渾厚，居然是完全不同的領受。

煤氣鎮是溫哥華較古老的城區，街道上的建築有維多利亞式，亦有巴洛克式及洛可可式。這裡的風物與不遠處的五帆廣場大不相同，從新區走到舊區，可以體會一下溫哥華短短一百多年的歷史變遷。溫哥華維護市容不遺餘力，老城區洋溢著古韻的建築依然乾淨光鮮，街道亦是清潔。街上商店餐廳林立，休閒逛街用餐皆宜。

史丹利公園

從溫哥華市中心往西溫哥華或北溫哥華都得穿過史丹利公園，經過獅門大橋。溫哥華的獅門大橋，可媲美舊金山的金門大橋，同樣是單孔懸索吊橋。綠色的獅門高高聳起，橫跨在布勒內灣（Burrard Inlet）上，傲視著太平洋，守護著溫哥華。在溫哥華的四天，我雖然數度穿過公園，仍然沒有窺盡公園的全貌，只感覺她有點像舊金山的金門公園，很深很大。

公園裡最有名的景點是圖騰園（Brockton Point Totem Pole），園中有九根彩繪圖騰柱。加拿大的印第安人原住民把他們特殊的經歷刻在木頭上以做紀念是為圖騰，他們喜用紅杉木（Red Cedar）做圖騰柱。這種紅杉木是加拿大東海岸的特產，質地細密，不易腐爛有香氣，比加州海岸紅木還珍貴，可能與台灣的紅檜相近，不管如何，這三種紅木都同屬柏科，都是紅木的一種。圖騰並非原住民崇拜的對象，但都有其特殊意義，如老鷹代表天空的王國，鯨魚代表海中的領袖，狼代表陸地上的智慧，青蛙是海與陸地的連接。

這裡的圖騰柱，當然都不是原住民留下來的，都是當代藝術家仿製的。柱子旁都立有解說牌，介紹製作的藝術家，並說明其象徵的意義。每

根圖騰柱的製作都相當不容易，不但有背後的故事，還要經過設計師的精心設計再經過雕刻師的巧手才能有成果豎立在園中。例如，最高的那根圖騰柱除了有設計師，還是兩位藝術家合作的成果。柱上的紅色小人是這一族印第安人的祖先，他於大水災中倖免於難，之後為族人製造了第一艘獨木舟。英雄Siwidi騎著殺人鯨歸來，並帶來海神的允諾，允許人們用海底世界的圖案製作面具，坐鎮在柱底的巨人象徵魔法與財富。

　　圖騰園旁的草地上橫著一截枯木，造型特殊變化巧妙，似乎是巨木之根，又似木雕作品。但無論怎麼看，都有渾然天成之美感。而樹根上面的巨木，很可能已化做了其中的一根圖騰柱。公園面向海灣，加拿大廣場的摩天樓群與五座白帆皆遙遙在望。對岸是繁華的摩登世界，這裡的圖騰柱訴說著古老的傳說，觀光馬車搖著鈴聲施施然而行，公園裡樹多花多，懷古浪漫，竟不知自己懷的是何種情懷。

伊莉莎白花園

　　溫哥華島上維多利亞市的布查德花園（The Butchart Garden）美名傳遍天下，卻沒想到溫哥華市裡的伊莉莎白花園之美並不輸布查德花園。

　　奇怪的是在觀光指南上並找不到這座花園。若非居住溫哥華多年的好友蔣安帶路，很可能就錯過了賞花的機會。這一日，秋涼微雨，我們撐著傘來到座落在小山丘上的公園。公園入口，一座寬大的噴水池裡，水柱噴得半天高，四周瀰漫著水霧，整座公園都籠罩在煙雨濛濛中。加州年年乾旱，舊金山灣區公園裡的噴水池大都是滴水不剩，更別談噴水了。溫哥華多雨，城裡噴水池多，處處都恣意噴灑。水池後是熱帶植物館，溫哥華終年氣溫不高，熱帶植物因此要養在玻璃暖房中。進得館來，是溫暖的熱帶

森林，植物繁茂翠綠，熱帶鳥類的彩羽在林中穿梭。外面溼冷，這裡卻是
如此美好的另一世界，進來了真不想離開。

　　站在山頂透過重重花幕往下望，英吉利海灣（English Bay）恍如「猶
抱琵琶半遮面」的美人掩映在紅花綠葉中。蔣姐領我們逛花園，欣見園中
植有許多醉蝶花。這種花應該生長在潮溼的熱帶，這裡天氣較寒，竟然可
以栽培到繁花怒放，頗讓我驚奇。以前我在基隆七堵的舊家，便種有醉蝶
花。小時候，認為它是世界上最美最奇的花，一株花上有無數形如蝴蝶的
花朵圍繞，花瓣的粉紅色嫩得纖弱。那才是可遠觀不可藝玩，生怕一碰了
它，蝴蝶就要飛走。

　　蔣姐帶我們到一處通往山下的小徑，我原以為她要帶我們多走路運動
運動。沒想到走到台階旁往下看，一眼赫見山下另有花園，那格局竟跟布
查德花園一般無二。我問蔣姐，她點點頭，說兩座花園非常像，不知是誰

左圖　史丹利公園的圖騰園
右圖　伊莉莎白花園

仿照誰造的。

布查德我去過兩次，第一次就是二十四年前帶著父母去的。當導遊帶領我們站在高處往下看時，當年真驚豔得呆了，世上竟有這麼漂亮的地方。母親驚喜得讚不絕口，曾說能看一眼這樣的花園，什麼都滿足了。六年前，我們搭乘阿拉斯加郵輪時，又去過一次，仍然喜歡的不得了。但兩次都來去匆匆，不得盡興。今日來此好似又重臨了布查德花園一般，又不需要趕時間，可以盡情的欣賞。

園中的樹修剪得宜，又被秋雨洗得乾淨，似乎一片敗葉也無。綠如翡翠的松柏，變了色的紅葉，初轉黃的秋葉，交織出一片七彩，豔麗卻又不俗氣。花圃的搭配設計，美得叫人的心都溫柔了起來。誰說秋天寂寞，秋花原來不輸春花，園中各種品種的秋海棠、萬壽菊、波斯菊，還有薰衣草，一叢紅一叢黃或一叢紫地開得明豔照人。轉過一個彎，又見大片的醉蝶花，不但有粉紅還有紫紅、桃紅，染出半個天邊的彩霞。以前在鄉下只見過粉紅色的，未料此地竟然有各種不同的品種。

我一面走一面讚嘆。蔣姐善畫，我說：「難怪妳的花卉畫得這般傳神，原來有這麼美的地方可賞花。」

格蘭佛島

格蘭佛島（Granville Island）實際上是一個半島，或許幾百年前漲潮時海水圍繞，真的是一座島。雖然有99號公路通往島上，但市政府提供有免費水上巴士送遊客過假溪（False Creek）到島上。

假溪其實不是溪，是英吉利海灣（English Bay）伸入陸地造成的美麗錯誤，當地的華人旅遊業以音譯稱之為福溪。福溪裡的水上巴士是迷你小

船，坐上八人就人滿為患。福溪不寬，小船搖晃幾下，沒有幾分鐘就到達島上，時間雖短，卻是來到溫哥華不可錯過的體驗，因為那短短的海上航行飽覽兩岸風光感覺非常有趣。

　　島上是純粹的觀光區，上得島來，只顧吃喝玩樂就好。島上偏多大型如工廠般的建築，原來這些建築以前皆是工廠。這裡原是水泥廠或木材廠等傳統工業區，老式的生產工業逐漸淘汰後，小島曾荒廢多年，加拿大政府不計成本，硬將工業廢島轉變為觀光島。如今那些舊廠房或是藝術家的工作室，或是商場，或是公共市場，不但觀光客多，當地人也多到島上購物。

　　走入島上的公共市場，恍惚回到了台北的公共菜市場。一樣有魚肉部、蔬果部，乾貨部及小吃部等等，一個攤位接著一個攤位。水果攤一筐筐的水果，排得整齊漂亮，草莓、藍莓、紅莓、葡萄、蘋果、梨，樣樣新鮮奪目，讓人看得立刻升起了購買的慾望。葡萄的品種特別多，綠、紫、黑、紅，還有一種如拇指般的長形葡萄，我們買了一小筐，非常甜美多汁。

　　賣起司、橄欖、各式香腸、核桃乾果的店，琳瑯滿目，看著真是養眼又垂涎。有家法式肉凍（Terrine）店，賣各種肉凍，大多是肉醬混合果醬製成。雖然各種肉類都有，卻以鴨肉為多。有一款鴨肉松露，想來應是相當名貴。另外，竟然還有野雉肉與野牛肉，這些野味難道是打獵打來的嗎？總之，形形色色的肉凍，看的甚覺稀奇。肉凍上皆覆有一層棕色或淺咖啡的透明皮凍，之下才是肉醬凍，未切開的肉凍也有點像提拉米蘇蛋糕。肉類無法帶回美國，旅途之中，儲存不便，往後數日的飯局亦早有安排，幾經詢問，最終忍住未買，卻看得我直吞口水。如果來日再到溫哥華住上十天半月，一定要每樣每塊買來嘗嘗。

　　市場裡亦有甜品及貝果等咖啡店，我們買了法式酥餅及咖啡，到外面

邊吃邊逛。島上多畫廊，有許多的藝術品可欣賞。度假，就是該這樣閒閒地，吃吃逛逛。

吊橋峽谷

在溫哥華隨處逛逛走走便能看到海，然而離山也不遠，搭公車就能到達深山峽谷。北溫哥華有兩座有名的吊橋公園：卡皮拉諾吊橋（Capilano Suspension Bridge Park）及林吊橋（Lynn canyon suspension bridge）。

二十四年前參加旅行團，曾去過一座吊橋。記得那日來到青山翠谷中，見幽深的谷底溪水激流而過，兩岸杉林蒼翠，滿山濃濃的綠，橫在谷上的那道吊橋好古樸，好原始。在那裡我能感覺到以前印第安人在叢林裡的活動，以及與自然為伍的生活。那裡有些像我小時候，七堵基隆河上的吊橋，但風景更漂亮。多年來，記憶猶新，我一直希望能再看看那山谷的風景，再走一回吊橋，領受那走吊橋搖晃刺激的感覺。

重遊溫哥華，第一件事就是找尋吊橋公園的資訊。在市中心的旅遊資訊中心，果然一眼就找到了。自由行的第三天，我們從容用過早餐，搭Sky Train到加拿大廣場搭免費專車。去往吊橋公園的專車，每十到十五分鐘一班，沿途停三站接旅客後，即開過獅門大橋直達北溫哥華的吊橋公園門口。一到達公園門口，發現與記憶中完全不同，我估計來錯了地方。幾經詢問，才知我要找的是林吊橋，而此處是卡皮拉諾吊橋。原來，林吊橋比較小，只有47公尺長、50公尺高，這座公園不收費，當年旅行社為省錢所以帶我們去林吊橋。

卡皮拉諾吊橋是溫哥華首屈一指的風景區，人潮洶湧，不似林吊橋遊人稀少。這座公園是收費的，跟林吊橋相比，它有太多的人工化。不過既

來之則安之，還是每個景點都認認真真地去看吧！

　　卡皮拉諾吊橋有140公尺長、70公尺高，不但比林吊橋長三倍，又較高較寬。吊橋始建於1889年，在當時是世界上最長的吊橋，許多電影曾在此取景。橋上擠得滿滿的都是人，觀光名勝地，缺了林吊橋的樸實幽靜。

　　卡皮拉諾的河水是黑色的，我觀察的結果發現河床是黑色的，雖然前幾天溫哥華下過雨，但水量很少，大部分的河床都露了出來。公園裡有一小潭，還有座三疊泉，都是黑色的水。要是中國人就會取名黑龍河、黑龍潭或黑龍泉。我用雙手捧起水，見非常清澈，其實此地沒有汙染，那完全是光線及水底石頭顏色的反射。

　　走過吊橋，對岸有建在樹上的木屋，還有建在樹上的吊橋。樹上吊橋架在半空中起碼有三層樓高，以參天紅木為支點。樹橋範圍相當大，爬上第一棵樹走過吊橋，走到另一棵樹，腳底下是大片的叢林，不知繞過多少

左圖　卡皮拉諾吊橋
右圖　卡皮拉諾樹橋

棵樹才走到終點。這樣的行走很能滿足飛簷走壁的好奇心，走這些樹橋比走吊橋更有趣。

　　公園中還有沿著懸崖修建的棧道及一座半圓形建在懸崖邊的懸空橋，懸空橋上視野非常好，不但可以看盡足下的峽谷，又可遙望森林外的群山。這座公園可玩、可看的東西很多，除了遊樂，還有教育價值。它展示著雨林的生態，動物之間的食物鏈與植物的生長。

　　這一區亦可說是加拿大的巨木森林，有許多千年老樹。植被以紅杉、道格拉斯松（Fir）及雪松（Hemlock）為主。到了這裡，我才搞清楚，紅杉與紅檜是屬於柏科；Fir、Hemlock、Pine則屬於松科。道格拉斯松與雪松因生長在寒帶，針葉比一般的松樹（Pine）要細小得多。認識了許多植物，增長了知識，甚覺欣喜。

　　園中有自助餐店、冰淇淋與禮品店。我們走了兩個多鐘頭，已開始饑腸轆轆，於是去排隊買午餐。我點了鮭魚沙拉，老公點了加拿大漢堡，並買了啤酒咖啡，兩人坐在露天座，吃得非常開心愜意。明天就要離開溫哥華了，我遂買了些小紀念品與一些楓糖餅乾，準備回家送鄰居。

　　此地也有圖騰園，並展示一些印第安人的手工藝術品。看到冰淇淋店實在誘人，我們各自買了兩坨。加拿大人頗慷慨，份量有31冰淇淋[6]的兩倍大，起先擔心吃不下，由於滋味很好，吃著吃著，很快的便一乾二淨，居然還有意猶未竟之感。加拿大自身的飲食並沒有太大的特色，但他們的冰淇淋都很好吃，又香又濃郁，甜度正好，吃來亦不覺得膩。

　　以觀光眼光來看，這裡當然比林峽谷有趣。但若喜歡原始自然、爬山健行，林峽谷則比這裡更好。

6　Baskin-Robbins，常被譯稱為31冰淇淋，是發源於美國南加州的跨國連鎖冰淇淋專賣店，以隨時都能提供31種冰淇淋口味著稱。

溫哥華的美食

　　在溫哥華的最後一天，文友提子墨特地請我去他最喜歡的一家餐館吃午餐。他旅居溫哥華多年，不但是動畫家、作家亦是美食家。集他多年吃貨的經驗，推薦的餐館，自然有獨到之處。因為當天下午我就要去搭郵輪參加在船上舉行的女作家年會，所以老公早上便先搭機回聖荷西。提子墨與他的好友接了我之後，又去接同樣來參加年會的文友嘉為與玉琳。

　　墨弟領了我們來到溫哥華市中心的一家希臘餐廳「Stepho's」。雖在摩天樓林立的市中心，這家餐廳的外表漆成地中海藍，大招牌白底藍字，一派希臘風情。內部裝潢也很希臘，廳內隔成好幾個廳，還有白色的屋中屋，廳中的走道很有米克諾斯島上小巷弄的味道。

　　這家餐廳的菜以希臘烤肉串（Souvlakia）出名，另有特色菜希臘式燉菜焙盤（Casseroles），兼及烤肉、希臘包餅（Pita）等。經過墨弟的推薦，嘉為點了烤牛肉串，玉琳點了烤雞肉串，我點了燉茄子焙盤，而他自己則點了烤羊排。

　　點菜完畢，大家聊文學聊墨弟的新書，同時侍者送上了希臘烤麵包。這烤麵包有點像烤餅，但是發麵非死麵，綿軟有嚼頭，我個人非常喜歡。

　　我的焙盤份量很大，我為他們每人切了一塊，仍然吃不完。焙盤這道菜源自法國，基本上就是先將肉類切塊或切丁，與蔬菜先在平底鍋中加油加水燉熟調味，並混以米飯或麵粉或玉米麵。起鍋之後，將在料一起倒入烤盤中，上面覆蓋上起司，送進烤箱去烤。烤盤通常用方形、兩吋高以上的容器，以康寧鍋（corningware）或玻璃居多。焙盤在西餐中算是製作比較複雜的食物，一般都是烤上一大盤，供食時連烤盤一起送上桌，大家

文友相聚溫哥華

分食。做成像這樣，一人一份的情形並不多。

此店的焙盤並沒與容器一起上，而是預先做成形再倒扣在盤上後送去烤，便於食用。這道焙盤以茄子為主，混有碎牛肉與櫛瓜，上面覆蓋的是烤馬鈴薯泥。烤過的薯泥，酥酥脆脆，口感滋味皆佳。碎牛肉燉茄子，調味亦做得不錯，加上櫛瓜本身的香甜，搭混起來非常好吃。這道菜並搭配有此店的招牌沙拉，沙拉是將番茄切塊，黃瓜切片，並加上橄欖、洋蔥絲等，用他們的特殊醬料拌過，味道相當好。墨弟到底是識途老馬，推薦得絲毫不馬虎。

大家都分給我一點他們的食物，墨弟要我好好品嘗，仔細評鑑。我先試了一塊烤雞肉，這肉烤得炙香四溢，既熟且嫩，味道很好。再試牛肉，肉香十足，不柴不老，肉亦入味，相當好吃。我平時不大吃羊肉，但這裡的羊肉一點也不腥，比牛肉嫩，亦賽過雞肉，墨弟真不愧是吃貨。

烤肉皆搭配烤飯、烤馬鈴薯與希臘沙拉。地中海式烤飯，多半是將奶油融化混以橄欖油加米飯摻以切碎的蔬菜去烤，吃來會比較硬但很香。烤馬鈴薯，出乎意料的好吃，希臘沙拉也不錯。我與嘉為、玉琳皆吃得讚不絕口，覺得既新鮮亦滿意。

在溫哥華混了四天，這餐飯最有特色。美食佳餚之後，墨弟送我們去搭郵輪，為溫哥華之旅劃上了完美的句點。

蜂蜜與冰酒

出外旅行，我喜歡帶點土產回家。我也喜歡嘗試不同的食物，最主要是為了滿足自己的好奇心。加拿大是英國的殖民地，英國人不大注重吃，加拿大亦然，炸魚排與炸馬鈴薯片是他們最具代表性的美食。吃在加拿大縱然乏善可陳，但他們盛產蜂蜜與冰酒，卻是我期待一試的。

不到加拿大還真不知緯度這麼高的國家，也有如夏威夷般溫暖的地方。車子出了溫哥華走五號公路，進入哥倫比亞山區，一路荒無人煙，秋風中下起了秋雨，更是淒冷無比。中午時分翻過山區，訝異發現山的這一邊天氣晴朗，溫暖如夏。不過一個多鐘頭前，在山區的休息站，我穿了毛衣再加上防水外套才勉強抵住寒冷，這麼快就穿過冬天，突然進入夏天。路旁出現一座狹長的大湖，這湖不寬卻長得沒有盡頭。沿湖而行來到湖濱公園，沙灘上許多人著泳裝戲水，公園裡的遊人多著T恤短褲，一派夏天的景象，這裡的人似乎不知現在早已過了中秋。Okanagan Lake是這座狹長大湖之名，俗稱水怪湖。傳說印第安人曾在湖中見過水怪，酷似中國傳說中的龍，但幾百年來不曾有人再見過。現在湖中遊艇馳騁，湖畔遊人如織，水怪早不知遁跡何處。

環湖三百多公里的這一大區域是加拿大的水果搖籃（Fruit Basket），加拿大三分之一的蘋果產於此區，另亦盛產藍莓、紅莓、草莓，及桃、李、梨、杏等。沿湖的公路兩旁都是果園，每年春暖花開時，難免招蜂引

蝶,此區因此盛產蜂蜜。

　　從小愛吃蜂蜜,喜愛那透明濃濃香香淡橘色的流體。蜜香、蜜汁,思之令人垂涎。小時候塗麵包吃,長大了泡蜂蜜紅茶,近年泡蜂蜜咖啡。家裡終年備有蜂蜜。二女兒自小吞不下藥丸,又嫌惡感冒藥水,每回感冒,就泡蜂蜜檸檬溫水給她喝,居然次次見效。如今她已大學畢業進入職場,至今沒吞過一顆藥丸。看來蜂蜜真能治病。

　　來到一家養蜂場,這是我有生以來第一次參觀蜜蜂養殖場,第一次聽到蜂后在繁殖期一天可下兩千個卵,一季至少可生育十萬隻蜜蜂。蜜蜂長大,雌者為工蜂,雄者除了交配白吃白喝別無他用。工蜂一生只為採花釀蜜,只能活短短的一季,春去花落,蜜成蜂死。天哪!這是什麼樣的自然定律。工蜂壽命僅三個月,蜂后卻可活五六年。只因蜜蜂吃的是花粉,蜂后吃的是蜂王漿。而蜂蜜都被人吃了,若在山野亦將被熊掏去。工蜂辛辛苦苦釀的蜜,自己不曾享用,全部滋養了他類。而每隻工蜂終其一生只能釀一湯匙的蜜,我一生不知喝掉多少蜂蜜,卻從沒思考過,蜂蜜是這樣的得來不易。原來蜜蜂是不會刺人的,牠一生只能放出一次刺,刺完後腸穿肚破,悲壯身死。會攻擊人的是黃蜂,牠的刺能一刺再刺。養蜂場的主人拍了一張全身爬滿蜜蜂的照片,他要讓人知道蜜蜂是「人不犯我,我不犯人」的,蜜蜂原來是這樣的善良,這般的認命。你那小小的身軀,飛到東飛到西,忙碌勞苦一季夏,到底是為了誰,你懂嗎?你會思考嗎?我不覺流下淚來,感謝蜜蜂,牠又如何能知道?是了!要感謝「天生萬物以養人」的上蒼!我也知道了,以後在花叢中看到蜜蜂千萬不要打擾牠,千萬不要讓牠因自衛而放出牠細小的刺!

　　我最喜歡台灣出的龍眼花蜜與荔枝花蜜,這兩種蜜不知輪流喝了多少年。近年因花粉過敏問題,接受醫生建議改喝當地產的野生花蜜,滋味雖

不及龍眼荔枝，卻也還挺香的。這家養蜂場出產二十多種花蜜，從野花蜜到各種水果蜜，另有肉桂、薰衣草蜜。我覺得最好吃的是柑桔蜜與覆盆子蜜，於是各買了一瓶。臨走，再看一眼蜂箱，這個季節，蜂后及存活的蜂群要準備冬眠了，等待來春再傾巢而出。好好休息吧！可愛的蜜蜂們。

湖區氣候乾燥，少雨，夏季很長與加州相像，故亦適合種植葡萄，所以有「加拿大的納帕（Napa）[7]」之稱。雖說此地氣候溫暖，但歲末嚴冬之時也會下雪。這裡的葡萄園保留部分葡萄不採收，留待冬天在枝頭結凍成冰三天三夜後，才碾碎釀酒，是為冰酒。加州冬天很少有連續三天的溫度低於零下，當然無法釀製冰酒。只有這裡夏熱冬寒的特殊天氣，有釀造冰酒的先天優勢。葡萄在枝頭留越久則越甜。一直留到冬天，已經風乾得差不多，再經過結冰，能榨出來的汁液相當有限，而甜度亦更高，所以冰酒價格昂貴。佩服加拿大人，想出這種方法來跟加州比拚。

我們來到夏丘酒莊試喝冰酒，先試白冰酒，淡金色的酒液，閃閃如水晶燈。一聞，只覺果香濃厚，似柑橘似蘋果又似紅莓。一嘗之下只覺一股蜜香，甘甜微醺，論滋味確實強過普通葡萄酒。再嘗紅酒，淡淡透明的紅色美得秀雅，滋味比白酒更好但不如白酒香。真不敢相信，葡萄有這樣多層次的味道。侍酒師解釋，這一區果樹多，蜜蜂採蜜帶來各種水果的花粉，以致結出的葡萄有各種水果香。是嗎？以此類推此地的蘋果應有梨桃味。說來說去，都是小蜜蜂的功勞。

加拿大沒有什麼高科技工業，以前最有名的北方通訊早在網路泡沫時便倒閉了。經濟方面除了木材就仰仗農牧產品。蜜蜂是農產品背後最大的推手，沒有牠們的採花授粉，水果難以長成，更別說吃蜂蜜喝冰酒了。

---

[7]　納帕郡，位於美國加州，以產葡萄酒聞名。

夏丘酒莊，居高臨下依山面湖，葡萄園從山腰一直延展到湖邊。前庭一瓶巨型冰酒凌空對著一只銀杯斟酒，園中花開燦爛處處，環境美得沒有話說。有人搭直升機前來買酒，起落之間，螺旋槳的隆隆聲吸引了眾人目光。品酒室的樓下正在準備婚禮，能在這樣美麗的環境中承諾終身是新人的福氣。冰酒餘香，仍在舌尖回甘。湖邊一切的幸福美好，彷彿都有對薄薄透明的小翅膀在振動，那是小蜜蜂在為天下蒼生盡心盡力服務的身影。

上圖　夏丘酒莊的美麗前庭
下圖　酒莊在布置婚禮

走進洛磯山
——班芙公園山奇水秀

洛磯山是北美州最大最長的山脈，從加拿大的西部，一路往下延伸到美國的科羅拉多州。北美州的崇山峻嶺絕世美景，多在洛磯山中，加拿大的班芙（Banff）公園被公認是最美麗的一段。

班芙公園在亞伯達省（Alberta），自卑詩省（BC）的溫哥華乘遊覽車，沿著菲沙河走一號公路，過哥倫比亞山，經過有名的水怪湖，便進入洛磯山區。險峻的哥倫比亞山脈隔開了沿海與內陸，一號公路穿過其間，翻山越嶺甚是驚險。山上雲蒸霞蔚恍似水墨畫，未到班芙，已先見識到山景之美。

加拿大不愧是觀光國度，公共設施又新又好，高速公路結實平坦，即使是數十里沒有住戶的區域，公路上三不五時的就能見到路旁插著嶄新碩大的廣告牌，感覺離市鎮不遠。美國人崇尚自然，景區大多保持原貌，要尋幽探勝，自己去爬，登山小徑根本不鋪柏油。加拿大則不然，景區道路修得漂漂亮亮，路標清清楚楚。加拿大的鄉間雖人煙稀少，卻並無荒涼之感。

從最後一根釘說起

經過鮭魚灣，過了灰熊鎮及兩州交界的黃金鎮，才進入班芙公園。在

鮭魚灣與灰熊鎮之間有一處飛鷹坳（Eagle Pass），那裡是太平洋鐵路東西橫貫的接駁處，亦稱最後一根釘（Last Spike）。

1867年七月一日，加拿大東部的魁北克、安大略等四省成立了聯邦政府。到了1871年，英國為了鞏固聯邦政府，遂遊說西部的卑詩省加入。並答應建造太平洋鐵路以連接東西部的交通，另一方面也是為了行政上的方便。當時安大略省已有了鐵路，便決定將鐵路向西部延長。同時卑詩省也開始自溫哥華向東修築，最後東西鐵路在飛鷹坳會合，釘下「最後一根釘」。

飛鷹坳是兩山之間的山溝，1865鐵路堪察員Walter Moberly，因追蹤飛鷹而發現這條山間通道，因而命名。此地景色不俗，青草坡上古樹成林，遠山又有出岫雲。老林旁，灰瓦紅牆小屋一座，走近之後才知是禮品店。我進去買紀念品，店中兩位初老婦人，殷勤介紹，她們竟然都是義工。山坳間，不見住家，大老遠結伴前來服務，精神感人。

有傳說最後一根釘原是黃金打造，次日即被人偷走，才換了現在的這一根噴上金漆的鐵釘。後來我查了維基百科，才知黃金一說是訛傳。那根釘，一開始就用的是鐵釘，但在完工儀式上釘下時打彎了，後來用備用鐵釘順利釘下。打彎的那一根，之後被拉直，然後捐給加拿大科學館收藏。而那根打下去的備用釘，因在竣工典禮之上眾目睽睽之下釘入，甚具紀念價值，隨即被取出交給專人收藏，因為那才是真正的最後一根釘。現在留在這裡的是第三根鐵釘，僅是象徵性的供人憑弔。主持竣工典禮、釘下最後一根釘之人是修建鐵路背後的大金主，唐納史密斯（Donald Smith）。他是英國皇室成員之一，蒙特婁銀行的總裁，但留在這裡的釘子並非他釘下的，所以不怕被人偷走。最後一根釘的前方，是唐納總裁釘下鐵釘儀式的巨大壁畫，旁邊還有座紀念1885年鐵路完工的石造紀念碑，是入山前一道亮麗的風景。

左圖　唐納總裁釘下鐵釘儀式的巨大壁畫
右圖　秀美的踢馬河

　　出了飛鷹坳，過了有四百條冰川的冰川公園，沿著踢馬河，欣賞掛在
高山上一條條的冰川。再經過優鶴國家公園後，就進入了班芙公園境內。

　　沿途的風景，已經夠美的。踢馬河圍繞著青山，山下林木蒼翠，山腰
間一抹白雲橫過，天地間秀美不可方物。

班芙公園山水雲樹奇秀壯闊

　　進入班芙公園，更是驚奇連連。

　　班芙的美首先美在山，從接近三千兩百公尺的史蒂文山、教堂山旁經
過，只見大山連綿，奇峰巨岩，如排山倒海般迎面而來，一路氣勢恢宏，
只聽得遊覽車裡驚嘆讚揚之聲此起彼落。班芙平原夾在兩排大山中，非常
寬廣。酷似堡壘的城堡山，巍峨高聳，比歐洲的大城堡不知要高壯多少

倍，那氣勢只應天上有，何曾在人間。接下來的柯瑞山（Mt Cory）、諾奎山（Mt Norquay），及2998米高的卡斯特山（Cascade Mt），無不偉岸壯闊。那些層次分明的山稜，奇特的山勢或像鐘塔或像金字塔，千變萬化處處美不可言。由於山上的岩石或為沉積岩、或火山岩、或花岡岩，更造成不同的色彩，極盡自然的變化，神妙無比。

班芙的美其次是水，從進入公園前色如牛奶的踢馬河，碧綠的翡翠河到貫穿班芙公園的弓河，一路萬水千湖，飛瀑流泉，風光旖旎秀美無匹。這裡的溪水清澈，樹影山影倒映河中，河裡雲影徘徊淌金流翠，美得動人。山中湖泊甚多，淡妝清秀的薇米蓮湖（Vermilion），十峰環繞的夢蓮湖，雪峰冰川下的弓湖等數不清的每座湖泊，都美如仙境。

洛磯山最奇的是雲霧，清晨時輕煙薄霧，籠罩在河上、山谷。只見霧鎖橫江，雲在山腰。水面上、遠山上，一條條的山霧飄來飄去，輕柔幽雅。日上三竿後雲霧變得凶了，河谷平原上霧來得快去得也快。當你看到一座美麗山峰，舉起相機，正要按下快門，山頭忽就不見。而眼前突然黑霧滾滾，一團團地漫天蓋地而來，遊覽車好似騰雲駕霧般，一忽兒雲開霧散，又見青天一片白日當空。再回頭看遠山上則雲翻霧罩，山峰時隱時現，瞬息萬變。

山裡的氣候變化得也快，不過九月中旬，白天明明是陽光普照，晚上就風起雲湧，落下雪來。次晨起來，居然千山變白頭，萬樹換銀裝，才知這一夜雪下得夠大。雪峰比平日的石峰枯山要美上百倍，洛磯山風貌變化之快，如迅雷不及掩耳。

班芙的樹也特別，公路兩旁的道格拉斯松挺拔直立，大片松林像一排排亭亭玉立的仙女圍拱著後面的美麗神山。都說松柏不凋，但高山上的落羽松不但會變黃，還會落葉。所以，在洛磯山中常看到遠山上一排排黃色

的松樹。

　　秋林的色彩是豐富的，山中的白楊樹，全都披上一身金黃。白楊樹的樹幹是雪白的，樹皮上有許多似眼睛的紋路。白楊樹多生長在一千四百公尺之下的班芙河谷中，綠色的松林裡時常夾雜著幾棵金黃的樹，偶而還會見到一株紅葉，那五彩樹林的景色直看得人如醉如癡。

千面女郎露易絲湖

　　露易絲湖被公認是洛磯山裡最美的風景，亦是加拿大最有名的景點。看露易絲湖全貌的最佳所在，是在隔著峽谷平原對面的大山（Whitehorn Mountain）裡──露易絲滑雪場（Lake Louise Ski Resort）。當我搭乘纜車到山頂，才知什麼叫「眼見為信」。山頂上的的視野極其開闊，一眼望去，谷中的露易絲村，及其周遭綠油油的森林，還有貫穿谷中的弓河，都一目了然。山谷對面是一字排開的連綿雪山，山坳中嵌著一顆熠熠生輝的閃亮寶石就是露易絲湖。崢嶸的大山頂上是千年的積雪，大山的皺褶處掛著一條條的冰川，那氣勢的雄偉、景色的奇秀，即使是再好的相機、再高超的攝影技巧都無法拍得真切。山上許多人拿著相機，拍來拍去都不停的搖頭，此起彼落的嘆息聲：「眼睛看到的這麼美，為什麼怎麼拍都拍不出來！」

　　許多不怎麼樣的風景，拍出來的照片往往比實景美。而站在這裡，人人都不滿意手上的相機。何止今天站在山上的這群人，我後來下山到書店中翻遍洛磯山的攝影書籍，亦未找到一張滿意的照片。我只能說，不親自站在這裡，絕對無法體會到那種攝人心魄的美。

　　當晚我們住在班芙鎮上，晚上飄下了今年洛磯山裡的第一場雪。次晨

來到露易絲湖畔，天上仍飄著雪花，湖上雪霧濛濛，恍似戴著面紗的新娘，無法看清她的真面目。我們逐進城堡酒店用餐，期待午餐後風雪稍歇，再去遊湖。

　　用過午餐風雪果然減弱，我們沿著湖邊小徑，邊走邊欣賞湖面上的風景。昨天在山上看到湖上方的維多利亞冰川，高高的懸在半山腰上，湖岸四周乾乾淨淨，現在那條冰川幾乎快延伸至湖邊了，可想而知這一夜雪下得有多大。

　　走到城堡酒店的對岸，藍色的湖面上，靜謐光滑又透明。雪中環湖而行，一步一美景，更因美在晶瑩剔透的冰雪。酒店、松林、冰河的倒影，樣樣清晰美麗地映在湖中，說她是仙女的梳妝鏡，絕不為過。

　　第三天早上風雪已停，我們又去了趟露易絲湖。樹梢岩石上的積雪都已化盡，晨霧中湖水更加澄明清澈，湖上倒影的色彩更鮮豔了。環湖的聖比瑞山（Mt. Saint Piran）、魔鬼峰（Devils Thumb）、美景山（Fairview Mt.），都繞著一條白色的腰帶，與昨日又是另一番不同的面貌。班芙第一高山，3543公尺的寺廟山（Mt. Temple），腰上橫豎環著幾條霧帶，雪山頂部覆蓋著大片

上圖　露易絲湖遠眺
中圖　雪中湖畔看城堡酒店
下圖　晨霧中之露易絲湖

白雪，棕灰色的山脊在雪罩霧濛中彷彿雲中仙山。湖山之美，難以形容，只有身臨其境者，才能真正體會！

班芙鎮小而有大美

從露易絲山谷往西南走54公里，就到了班芙鎮。

班芙鎮的興起，是因為太平洋鐵路的興建。1883年，三位鐵路局的員工在硫磺山上發現溫泉。1885年加拿大政府開始把這方圓十英里的一區規劃為國際溫泉度假村，以便鐵路工人休閒度假。從班芙鎮的主街班芙街往南過弓河橋，就是硫磺山區，山上有多家溫泉酒店。最有名的班芙春泉酒店（Fairmont Banff Springs），城堡似的美麗建築是鎮上有名的地標。我們原來想住在春泉酒店，但訂房時早已客滿，只好退而求其次入住班芙國際旅館。這家酒店位於鎮中央，房間雅潔，環境優美，交通方便，亦不失為上選。

這座海拔1400公尺的高原小鎮雖有一百三十年的歷史，但街道上都是嶄新建築。班芙鎮容整齊美觀，金色的白楊樹，挺拔的雪松襯托著歌德式的尖塔及歐式的小樓。人行道旁秋花燦爛，又時見一種長尾翠羽的美麗大鳥飛翔。遠處雪山上，山霧飄渺，山頂上的冰帽在霧中閃著亮眼的白光。班芙鎮有世外的寧靜，亦有人間的繁華，用餐購物，一樣不缺。

我們吃過幾家餐廳，不過尋常牛排，並無特殊之處，但鎮上有家冰淇淋店，卻是值得品嘗。牛之冰淇淋（Cow's）號稱是世界第一冰淇淋，不知是否真是第一，但確實非常濃郁，而且香而不膩，吃過真會覺得意猶未盡。

從我們居住的酒店走到弓河邊，不過十來分鐘。往東走可爬上驚奇角遠觀春泉酒店，眺望班芙鎮。山腳下是簾幕式的弓河瀑布，瀑布很寬落

左圖 班芙鎮小而有大美
右圖 弓河美景

差很小，水量充沛奔騰洶湧，不失可愛。若過班芙橋往西沿河而行，景色之美出人意料，河面上在樹影山影雲影倒映之下，色彩有鮮黃翠綠碧藍雪白，說它是上帝的畫布、自然界的詩篇，一點也不為過。

再往西走一公里就是那處最早被發現的地熱溫泉谷（Cave & Basin National Historic Site），至今不但仍是有名的溫泉浴場，亦是歷史保留區。

乘筏弓河上：攬勝尋奇

我很羨慕在河中乘皮筏的刺激，來到班芙，自不會錯過在弓河上乘皮筏的機會。皮筏碼頭在班芙鎮南面、弓河瀑布附近，聽說瑪麗蓮夢露拍《大江東去》時就在這裡取景。船家將皮筏划到寬廣的河面中央，景色更讓人眼睛一亮。河水清澈碧藍已然夠美，河兩旁的隧道山斷崖峭壁又有險峻之奇，遠處起伏的山岳在藍天白雲之下或明或暗，整幅風景又秀又美，

身在這樣的美景之中，不心曠神怡也難。

轉過河灣，皮筏在郎斗山（Mt Rundle）下划行。弓河水平緩緩地流淌，一路之上全無《大江東去》裡與激流搏鬥的驚險，只需坐在筏上悠哉的觀賞美景。班芙的山都美，郎斗山自然也很美。雖然一路上都在看山，但能在水上近距離觀看，仍然令我貪看山景玩味不已。河過一處淺灘，幸運的在叢林中看到幾隻大角如樹枝的野鹿。又轉進一處山區，河邊的山坡上有許多風化石，遙看很像穿著白袍的合掌仙翁，近看有如一尊尊的大理石雕塑。

船家非常友善，他原是搖滾歌手，每年暑假到班芙打工。白天搖皮筏，晚上在酒吧獻唱。旅程將盡，他唱了首歌娛樂我們，果然熱情奔放唱得不錯。下船時，我們特地多給小費，在美麗的弓河上坐趟皮筏之旅，無論如何都是值得的。

約翰斯頓峽谷

約翰斯頓峽谷（Johnston Canyon）在班芙鎮西北方約二十公里處。峽谷雖不寬，但極其秀美。若是晴天，那裡是登高爬山的好去處。我們去時，天上飄著小雪，由於山谷中的棧道修得很結實，在雪中登山，並不危險。峽谷中一條小溪流過，雪霧中溪水有如一條淡藍色的輕紗。坡路越來越陡，澗水越來越急湍，落差大處激浪翻滾飛珠濺玉，妙境橫生。爬行約不到半小時就到了第一座瀑布（Lower Falls），瀑布是三疊泉式，亦即是溪水的源頭。下面一段瀑布落差較小，中間一段的主瀑落差較大，最上一段則隱約夾在峭壁間。瀑布旁的河谷上架有一座橋，過橋到對岸，穿過小山洞更能清清楚楚的看清主瀑的轟轟流水。瀑布下方的碧水潭，如融化的

琉璃般被落下如利刃的白水攪動得晃蕩不已。瀑布雖不大，但爬山鑽洞確是非常有趣。

　　若繼續再往上爬，可沿著瀑布上方的溪澗到上瀑布，那裡才真的是小溪源頭。我看過照片，上瀑不如下瀑好看，再加上下雪天，若再往上爬，恐路不好走。愛爬山的我，只好抱著遺憾打道回車。

　　離開峽谷，也就離開了山奇、水秀、霧猛、彩林的班芙鎮了。

約翰斯頓峽谷瀑布

走冰原公路
看哥倫比亞冰原之雄奇

　　白皚皚的冰原大地，該是何等的冷冽？如果在冰原上的萬年堅冰上行走，又是怎樣的感覺呢？是以到洛磯山旅遊，非得走訪哥倫比亞冰原去一窺究竟不可。

　　自露易斯湖開始往北，有一條冰原公路（Icefields Parkway），亦即93號公路。大約一百五十公里的路程，便到達洛磯山裡最大的冰原——哥倫比亞冰原。再往北走，穿過賈斯珀國家公園（Jasper），則抵達賈斯珀鎮。這條公路全長232公里。

冰原公路沿途美景多

　　冰原公路是條高海拔公路，一路都在一千五百公尺以上的高原行走。高緯度高海拔，沿途都是冰川雪嶺針葉寒林，北國風光如冷豔的絕世佳人，清冷卻迷人異常。一路見到大小冰川無數，較為出名的有烏鴉爪冰川，這條冰川自冰原流出後半途遇到兩座突峰，一分而三，遠看有如一隻烏鴉的爪子，因而得名。

　　我們來到弓湖（Bow Lake），下車遊覽。此湖是貫穿班芙公園的母親河——弓河之發源地。弓湖不大，卻美得攝人心魄。寶藍色的湖水，雪

山倒映其中，發出白閃閃的光，再加上湖邊雪松的掩映，景致絕美醉人！站在湖邊亦能看到山上的弓河冰川，連遠山上的烏鴉爪冰川，亦能遙遙望見。

接著又經過幾座大小湖泊，導遊一一講解，我們在車上遙望。高原上的湖泊，多是冰河湖，湖畔全無人工一派原始風貌，景色自然純樸。途經沛托湖（Peyto Lake），此湖躺在雪山之下，湖水碧藍色，湖面寧靜平和，遠看有如一塊美玉。一路上看不完的美景，不知不覺哥倫比亞冰原突然在望。

哥倫比亞冰原奇壯浩瀚

被冰雪覆蓋的大地，如南北極稱之為冰蓋，小於五萬平方公里的則稱之為冰原。哥倫比亞冰原（Columbia Icefield）佔地325平方公里，有六條冰川發源於此。冰原上的雪峰山（Snow Dorm），是三大洋的分水嶺，冰川融雪向北流入北冰洋，向東

流入大西洋，向西流入太平洋。

　　在冰原公路上，遠遠可看到一處U型的雪谷，阿薩巴斯卡冰川（Athabasca Glacier）自雪谷流出，山腳下有個藍得透明的冰河湖，雪谷上端即是哥倫比亞冰原。這條冰川原來一直延伸至冰河湖，由於地球暖化現象，125年來消退了一點五公里，幾乎消退了一半，目前仍以每年五公尺的速度消退。如今只有在降雪的冬季，冰川與冰湖中間那段光禿禿的冰河床才會被白雪覆蓋。

　　雖是赫赫有名的景點，除了冰湖旁的遊客中心，再也沒有其它的建築物。三層樓的遊客中心有展覽廳、禮品店等，進入哥倫比亞冰原的門票及車票，亦在這裡購買。二樓是自助餐廳，廳外有一很大的觀景陽台，冰原及它四周的景色在此一覽無遺。我們到達時已是中午時分，正好趕上用餐。據說餐廳的用水包括我們飲用的茶水皆來自旁邊的冰湖，我用心品嘗了一番，與平日所喝的礦泉水差別不大，或是心理作用，飲用之時卻自然生出幸福之感。

　　冰原中心有接駁車送我們到冰原下方，再轉搭冰原雪車，走上號稱北美洲第二陡的山路到達冰原。這段坡路是32度的斜坡，上下坡皆驚險萬分，刺激有趣。

　　冰原是十幾萬年前最後冰河期留下的遺跡。站在其上，腳下踏著100多公尺厚的冰，前望冰雪大地深不可測，下望冰川雪擁千尺，冰原之浩瀚無際雄奇壯美，不由人不敬畏。我們只站在冰原的邊緣，沒有專家帶領，是不能繼續往裡走的。導遊說冰原最深之處的冰有365公尺之厚，如果不小心碰到縫隙或冰洞，掉下去就是無底冰淵，無人能救。目前，每年的平均降雪量是七公尺，而下30公尺的雪才能壓縮成一公尺的冰。冰原如冰湖，湖水滿外溢成冰川。如今融冰量大於降雪量，冰原在縮小，冰川在消退。

如果地球繼續暖化，再過千萬年後，目前我們所看到的景象可能都消失了。自然界的奇觀，隨著地水火風的變化，不能天長地久，令人遺憾。

　　冰原的融雪之水形成一條小小河，在冰上流淌，我裝了一瓶雪水。當晚在旅館燒開，飲來有點乾澀，可能因礦物質含量過高，這樣的水泡茶就更不好喝了。我估計冰水流入冰湖後，礦物質慢慢沉澱，所以冰湖的水質要比冰原上的好。

冰川天空步道享受凌空踏步

　　想是為了招攬觀光，加拿大亞伯達省在冰原不遠處造了一座冰川天空步道（Glacier Skywalk）。自冰原遊客中心搭接駁巴士，不過十分鐘便到達天空步道。這是條建築在峭壁上的環山步道，就像中國大陸上的棧道。

左圖　三葉蟲化石：大蟲與小蟲
右圖　玻璃橋上之一角

步道全長五百公尺，在半山之上依山而行，一路上看到老鷹在天空盤旋，如果運氣好可看到純白的雪羊或大角山羊在林間覓食，可惜我們都無緣看見。這一帶曾發現許多三葉蟲的化石，這種蟲在二億五千萬年前就已在地球上滅絕消失，此地展覽的化石非常完好，蟲的形態看得一清二楚。由於化石的發現，證明這裡的地質形成已有幾億年。地球上的生生滅滅，如此神祕，人的一生在時空中如此短暫，想到這裡似乎什麼都該看開了。

步道上有一座三十公尺的弧型玻璃橋，酷似美國大峽谷的玻璃橋，是賈斯珀國家公園的新地標。懸在半空的玻璃橋有280公尺高，遊人凌空踏步在深邃的辛華達峽谷（Sunwapta Valley）之上，辛華達河如一條白色羅帶靜靜地躺在谷底，對面的懸崖峭壁上有好幾條瀑布流下。峽谷雖沒有大峽谷壯闊，但站在橋上遠看哥倫比亞冰原及四周的雪山，北國蕭然冷寂的空靈之美卻遠勝大峽谷。

阿薩巴斯卡瀑布的震撼

冰原公路旁三不五時地就見到瀑布或湖泊，較有名的的瀑布當數Tangle Falls與阿薩巴斯卡瀑布。Tangle Falls就在公路旁，是卡斯特式（Cascade）的疊瀑，至少有七層，堪稱七疊瀑布。好幾股水流自山頂流下，分分合合層層疊疊糾纏不清，是以稱之為糾纏（Tangle）瀑布。這座瀑布很高，兼之變化多端，非常好看。

阿薩巴斯卡河自冰湖流出，一路往北遇到一處23公尺的落差，便形成了阿薩巴斯卡瀑布。這個瀑布雖然不大，但因河水充沛源源不斷，落下時波濤洶湧氣勢驚人。看阿薩巴斯卡瀑布，因為就站在河邊，大水落下近在咫尺，非常震撼。瀑布落下後沖出一條寬不過一兩公尺的峽谷，大水突然

左圖　Tangle Falls
右圖　阿薩巴斯卡瀑布一角

擠入窄縫中，更是激流急湍，怒沖沖的風捲狂嘯而去。我們可以順著景點的步道，從瀑布上端走到下端，再看瀑布水沖出峽谷流入下面的湖中，忽又變成靜如處子的溫柔湖水。這座瀑布是沿途看到最有特色的瀑布，尤其是近距離的體驗，格外令人心動。

　　冰原公路主要是連接露易斯湖與賈斯珀鎮，因為這條公路，班芙與賈斯珀國家公園亦連接在一起。雪山連綿不斷，一路翻山越嶺，進入賈斯珀鎮，又見人間燈火，但晶瑩的冰雪大地卻永遠叫人難忘。

註：冰川天空步道景點沒有停車場。若是自駕遊，只能將車停在哥倫比亞
　　冰原的遊客中心，在那裡買門票及搭接駁車前往。

惠斯勒的海天之路：
美景處處

　　在溫哥華自由行，選擇到惠斯勒（Whistler）去玩，純屬偶然。原本經好友推薦去搭海天纜車，結果誤選了惠斯勒纜車。由於一樣是走海天公路，所以我這個外地人根本搞不清楚是不同的景點。溫哥華是觀光城，觀光的各種配套做得非常好，在市中心的旅遊中心刷了卡，拿好收據，就等次晨專車來接了。次日我跟老公搭上遊覽車，拿到導遊發下的惠斯勒地圖，才知跟錯了團。但惠斯勒是2010年溫哥華奧林匹克冬運會的所在，非常有名的滑雪勝地，便欣然前往。

　　惠斯勒在溫哥華以北125公里，從市中心往西北走，過了獅門大橋上了一號公路。途經賽普拉斯山（Cypress Mountain），此山最高點4724英尺，2010年溫哥華冬運會的部分比賽在此舉行，如越野滑雪及滑雪板等項目。不一會兒，來到第一個景區馬蹄灣公園（Horseshoe Bay Park）。這裡是渡輪碼頭，可以在此搭渡輪去溫哥華島。一個五千磅的黃銅螺旋槳展示在公園中，在上世紀初的航運中，這隻螺旋槳曾經行遍萬里海域。如今告老還鄉，坐在公園中，向來往旅客，訴說它往日的勳業。公園對面是一排商店，有家原住民藝品店，陳列著各種古老的印第安圖騰，非常有特色。北海之濱多雨潮溼，海面泛著灰藍色的清冷波光，一艘渡輪緩緩入港。對岸山高如屏，只見白雲不斷出岫冉冉上升，山頭的雲霧越積越濃，

馬蹄灣公園

一派天陰水寒的晚秋氣象。或許看膩了加州萬里無雲的燦爛陽光，覺得此地韻致不俗。

離了公園就走上了依山靠海的99號公路，俗名海天公路。越往北走，人煙漸漸絕跡，公路沿著海岸，向遙遠的天邊進發，轉過一個海灣，但見身後滄海碧濤，真的恍似從海上來到天上去。

車行一刻鐘後便來到了香儂瀑布（Shannon Falls），此瀑是卑詩省第三高的瀑布，高335公尺（1099英尺），另兩座瀑布則在深山絕谷中，路險難行，所以導遊號稱這才是真實境界的最高瀑布。景區就在海天公路旁邊，下車後過一座古老的風雨橋沿溪而行，不一會便到了觀景台。這瀑布果然高，好似巨人腦後一束千丈銀髮，如馬尾般飄撒下來，飄飄忽忽地落入亂石嶙峋的溪中。清澈的溪水在岩石間奔流不息，青蔥翠綠的山谷，一片清景無限令人玩味不已。公園不遠處，就是搭乘海天纜車的入口，如果昨天選了此地就得停在此處，好在選了惠斯勒便繼續前進。

車行約半小時，居然又到了另一座瀑布——白蘭地瀑布（Brandywine Falls）。瀑布一樣離公路很近，走沒多久便到達觀景台。瀑布雖只有七十公尺高，但水量較香儂瀑布大，出水口亦寬，恰似銀河倒瀉，直衝而下落入碧綠潭中。潭水溢出成溪，自谷底蜿蜒流入黛西湖（Daisy Lake）中。自觀景台沿著峽谷往前走，遠遠看到寶藍色的黛西湖好似在半空中。按說水是往低處流，湖的地勢應較低，但不知眼睛因何產生錯覺，好似溪水往上流，黛西湖懸在半空。

上圖　白蘭地瀑布
下圖　白蘭地瀑布溪水流入黛西湖

據說這瀑布的取名，來自兩位勘察員的打賭，誰猜的高度較接近，誰就可贏得一瓶白蘭地酒。如今此地景不醉人人自醉，高低遠近不知處，看得我眼花撩亂。

再度啓程，沒多久便到達惠斯勒。這裡真是美麗又繁榮的度假村：一棟棟摩登新穎的五星級旅館，一家家美食飄香的餐館，一間間琳瑯滿目的禮品店。每一區都搭有露天舞台，彈唱聲處處可聞。我們逛了幾條街，已覺饑腸轆轆，就近選了家餐廳，點了漢堡炸雞翅等尋常西餐，或因心情好，居然覺得非常好吃。

我們按照地圖，逛到了代表2010年溫哥華世運會的石雕標誌。用大石堆起的人體造型磅礴大氣，很有雕塑家朱銘的簡逸之風。從那裡往北走，一路楓紅層層，對面blackcomb Mountain上，山霧繚繞，真不愧是一塊寶地。

走了幾條街，來到奧運公園，那裡小橋流水奇花異草，竟然有江南庭園的意境。走過美麗的花園，一眼看到巨大的五環奧運標誌，立刻激起了莫名的興

| 1 | 2 |

1　2010年溫哥華世運會的石雕標誌
2　奧運標誌

奮。那裡人很多，排了很久終於輪到我坐進一個圓圈裡去拍照。附近還有古董車的展覽，奇形怪狀色彩嬌柔的特異造型，比現代流行的非灰即白之低調顏色精彩多多。

　　奧運村的每條街道都很美，走到那裡都有看不完的風景。山邊惠斯勒纜車載客到山頂，冬可滑雪，其他季節又可觀景健行，四季都大有可觀。辦了一場奧運比賽，為此地帶來無限商機，可說是卑詩省的幸運。

　　回程途中又看了亞歷山大瀑布（Alexander falls）。這是一個三疊瀑，有141公尺高，比前兩座瀑布寬很多，千絲萬縷層層飄落，亦非常好看。

　　最後一站停在省立公園Porteau cove provision park，電影《Free Willy》曾在此取景。這裡的落日非常有名，此時天色已晚，雖因陰天看不到太陽，但天上海面仍可見到淡淡的紅霞。遠山倒影，黃葉秋草，依然美得迷人。

　　卑詩省山高海線長，瀑布多，海灣美。海天道上處處是得天獨厚的無限風光。

| 3 | 4 |

3　小橋流水的奧運公園
4　亞歷山大瀑布

釀文學250　PG2558

 明月千山路

作　　者	周典樂
責任編輯	姚芳慈
圖文排版	楊家齊
封面設計	蔡瑋筠

出版策劃	釀出版
製作發行	秀威資訊科技股份有限公司
	114 台北市內湖區瑞光路76巷65號1樓
	電話：+886-2-2796-3638　傳真：+886-2-2796-1377
	服務信箱：service@showwe.com.tw
	http://www.showwe.com.tw
郵政劃撥	19563868　戶名：秀威資訊科技股份有限公司
展售門市	國家書店【松江門市】
	104 台北市中山區松江路209號1樓
	電話：+886-2-2518-0207　傳真：+886-2-2518-0778
網路訂購	秀威網路書店：https://store.showwe.tw
	國家網路書店：https://www.govbooks.com.tw
法律顧問	毛國樑　律師
總 經 銷	聯合發行股份有限公司
	231新北市新店區寶橋路235巷6弄6號4F
	電話：+886-2-2917-8022　傳真：+886-2-2915-6275

出版日期	2021年6月　BOD一版
定　　價	480元

讀者回函卡

國家圖書館出版品預行編目

明月千山路 / 周典樂著. -- 一版. -- 臺北市：釀出版,
　2021.06
　　　面；　公分. -- (釀文學；250)
　　BOD版
　　ISBN 978-986-445-470-9(平裝)

863.55　　　　　　　　　　　　　　110007447